大小影子

旁白客　著

南方出版社·海口

图书在版编目（CIP）数据

大小影子 / 旁白客著 . -- 海口 : 南方出版社，
2023.11

ISBN 978-7-5501-8766-5

Ⅰ . ①大… Ⅱ . ①旁… Ⅲ . ①诗集 – 中国 – 当代
Ⅳ . ① I227

中国国家版本馆 CIP 数据核字 (2023) 第 228252 号

大小影子

DAXIAO YINGZI

旁白客 | 著

责任编辑　韩光军
装帧设计　长淮诗润文化传媒
出版发行　南方出版社
邮政编码　570208
社　　址　海南省海口市和平大道 70 号
电　　话　（0898）66160822
传　　真　（0898）66160830
印　　刷　三河市嵩川印刷有限公司
开　　本　880mm×1230mm 1/32
印　　张　8.375
字　　数　145 千字
版　　次　2023 年 11 月第 1 版
印　　次　2024 年 01 月第 1 次印刷
定　　价　67.00 元

别有意味的诙谐术

——代序

张德明

诗人旁白客的诗歌有独特的风格特点，那就是闪烁于字里行间的幽默诙谐之趣。无论是对动物世界的描画，还是对植物世界的书写，以及对自然与人文风景的描摹，诗人都以诙谐的笔调来呈现潜存于大千世界中的生命趣味，让人读后既忍俊不禁又深受启发。这幽默诙谐的风格，赋予诗人所绘制出的诗意世界与众不同的色彩和滋味，同时也彰显出诗人富有个性的生命观、价值观和人生态度来。因此我认为，对旁白客诗歌中别有意味的诙谐术的分析和阐释，是有助于我们更深入地理解诗人艺术创作的精神要旨和美学奥义的。

旁白客善于对动物世界作精彩的描画，在饶有趣味的诗语调动之中，将动物们富有人性力量和精神特征的一面奇迹般地彰显出来。比如这首《野鸭子的 AB 岗》，就是以随性而活泼的文字，对"野鸭"这类动物所作的诗意写真：

鸟氏扩编，源于一种复合型成长

野鸭子，今持有二证——
游泳证A，飞行证B。不同于
家养的鸭子，常被口水
挂边。而人也习水性，纯粹的
A岗，常风险环生。B岗，比人多一项技法
可列入空军。野外，我
却在村头的河边发现
20多只野鸭子，把我的脚步声当指令，行
注目礼。或戏水，或腾空
演习立体化作战。这种韬略

纯系生存法则使然。薪酬多少不论，生命
只兑付一次。混岗，以野鸭子为师
人类不缺多军种，野鸭子藏了一手没教
多一"野"字，被我改编
加入海军陆战队，可飞可行

  诗人将既会游泳又会飞翔的野鸭子，描述成持有"游泳证A，飞行证B"这两种证件的生灵，这是以人类生存与生活中的资格要求来形容鸟类世界的存在样态，其幽默诙谐的色彩无疑是极为鲜明的。同时，诗人还以"A岗""B岗"这两种规定着人们特定的薪资权限和工作义务的岗位划分，来描摹鸟类的生存技能，其风趣幽默的味道是呼之欲出的。由此可见，对于动物世界的生动书写，诗人主要倚重拟人化的修辞策略，以人类生活中的人文情形来形容动物的存在状态，进而引导读者从人类世界的生存法则出发去理解和想象动物的生存规律，这是不乏机智和生趣的，而语词之间幽幽散发的诙谐与幽默气息，给人带来了不尽的阅读快感与审美享受。

对植物世界的诗意书写，诗人也善于借用人文的情境来述说植物的遭遇，由此将某种藏蕴其间的现实理解与生命趣味牵带出来。在《受伤的油菜》一诗中，诗人写道：

凛冽攻城略地，寒风站成刀斧手
油菜平白挨一刀
面色与大地同宗。好在
根会续命，敢向冬荒叫板

第二刀，雪水结冰式
像绞肉机。油菜披挂黄金甲，应对
边缘化沦陷。头裹纱巾，菜心
周边的壮士，敢断腕，敢请命
结团火色。好在

第三刀，被上升的暖气接住
阳光唱和平长调，可绵绵供血
春风轻轻唤，油菜

果真名曰油菜，开花接待

诗人将饱受寒风肆虐的油菜之遭遇，形容成"寒风站成刀斧手／油菜平白挨一刀"，这巧妙的比喻修辞里有着别样的情感和趣味，既是对寒风吹刮下的油菜花惨烈处境的形象描述，又暗自寄寓着诗人发自内心的某种深切的惋惜和同情。接下来，随着寒冷的不断深入，油菜又挨了"第二刀"："雪水结冰式／像绞肉机。油菜披挂黄金甲，应对／边缘化沦陷。"诗人还以军事化的行为方式来描述油菜不惧严寒，抱团取暖的情形，"菜心／周边的壮士，敢断腕，敢请命／结团火色"，将油菜具有力量、秉性坚强的一面作了精彩展示。而当后来，冬去春来，油菜终于能开出花来，当生命终于绽放的那一刻，那曾经受伤的历史，又有什么值得痛悔和遗憾的呢？显而易见，在对植物的形象书写里，诗人启用了比喻修辞技法和军事化情境摹状策略，将某种不乏调侃与机趣的动人情绪散逸出来，油菜凌寒不惧、抗冬守春的精神品质，也在富有幽默诙谐的文字中悄然浮出水面。

诗人旁白客可以说是一个资深的"背包客"，游历过祖国的诸多名山大川，对自然山水有着特别的记忆和心得，其诗集中吟咏自然风光的篇幅也不在少数。他对自然山水的描摹，从来不是字正腔圆、有板有眼地作客观写照，而是总要发挥他擅作调侃、喜用幽默的诙谐之长，以充满生机和趣味的文字将自然山水的特色和情味活现在我们面前，例如《八公山下的漩涡》一诗：

八公山喊立正
淮河急得跺脚，漩涡
就是它冲冠的怒发

演太极推手，给谁看？
这托举的漩涡
像淮河端起的酒杯
献给苍天。像盛开的荷花
献给盛夏

漩涡争辩于山脚，蓄势夺路
成为淮河记事的一个绳结，撰写
日历月历年历。结在，本性在，所以淮河决绝
进山赶考，拜师大海

　　诗人描述八公山与淮河尽管山水相依，但彼此并不相互配合，"八公山喊立正""淮河急得跺脚"便是这种互相抬扛情形的艺术化写照，其中也洋溢着诙谐幽默的生命趣味。在这首诗的最后，诗人还描述了漩涡不断冲决、只顾奔向远方的情态，也是以某种戏剧性的笔法来进行形象言说的，自然给人以幽默诙谐之感。
　　从词语本意来看，"诙谐"是指"说话风趣，引人

发笑"。也就是说，"诙谐"一般包含了两个层面的内容，一方面，它指语言表达上的特征和风格，即"说话风趣"，大凡那些具有机智、幽默、调侃色彩的话语言说，都可以说是风趣的。另一方面，它也指语言表达所产生的效果，即"引人发笑"。旁白客诗歌中的诙谐术也在这两个层面有着不俗的体现。首先，诗人的艺术表达是风趣的，他能运用拟人化的手法来描摹自然世界，并借助精妙的比喻修辞来展现外在世界的人性力量和生命辉光，语词之间流淌着醉人的诙谐情韵。其次，诗歌给读者带来的阅读效果也是突出的，既能让人在连珠的妙语之中忍俊不禁，拍手称绝，又能获得情感的自认和心灵的感召。似乎可以说，借助别有意味的诙谐术，旁白客有效建构起了属于自己的特有的诗意殿堂，其诗具有了卓然独立的艺术风格和不可多得的辨识度，由此达到的美学高度也是值得我们肯定的。

2023 年 4 月 23 日—25 日

作者：张德明，诗评家，文学博士，岭南师范学院文学与传媒学院教授，南方诗歌研究中心主任，中国作家协会会员。

目录

（一）乡土篇：
一地鸟，在立冬的守望里，哄抢喜糖

（二）格物篇：
菊黄，像倒下的宫廷瓦

3

（三）情结篇：
情分、情怀，大小影子一张图

（四）游历篇：
唯我游客，最解熙攘与过往

（五）循理篇：
三伏贴，可用热情疗治内伤

（六）评论：
对旁白客的诗意表达

（一）乡土篇：
一地鸟，在立冬的守望里，哄抢喜糖

金钱草

金命，草的活法

这种草，握绿色元宝
举小黄花，呼风在，唤雨在
赴京考功名，档案如下——
曾用名荷苞草、肉馄饨草。今名金钱草。别名
过路黄、金锁匙、连钱草、叶金钱草、钱叶草
御批：无。坊间
传落选事由："太爱财，不可官。"

民间惜草命，自此
多一位草莽英雄

一地鸟哄抢喜糖

养我的淮河胃口再大，不算滥情
涉及地一年二婚，或麦稻，或麦豆，或
稻与油菜，与萝卜，各有所好

这块淮河的湾地，先嫁于稻子
留茬口。改嫁这天，我不知
谁是新郎。稻茬地，旋耕机吹吹打打
之后，我看见
一地鸟
在立冬的守望里
哄抢喜糖。这糖纸里
想必藏着虫子，或失散的
子嗣

二婚，也需细耕
留一地油菜秧后生，这一茬
战地黄花迎春风，往往
无一只鸟闹腾

掰青蚕豆

青涩的孪生兄弟，敢把
后背留给对方。妻却让我掰它
帮其分家，等
炒一盘菜。假如，蚕豆

没条裂缝，谁能在它的胸膛浇油撒盐？

天下确有一个不散的宴席
——胃口在，我替胃口
制造替代

给油菜松土

雪绑手脚，冰
刮骨。再胖的油菜
也成了林黛玉

大观园，不是铁板一块。需要
容得下锄头，如油菜地
不怕松土。松土

请春天打赏，油菜
尚未成油，不妨腾点空。抱团
未必真知音

立春

大地接上孵化器，蛋壳
薄得发亮。春心，在
地平线下燥热，险些
蹬掉被子。淮河边，柳枝
没派出新兵换岗
草也未脱下枯叶缝制的戎装，唯有
春风在半空呼救
　"鸟儿，拉兄弟一把！"

自制滑梯

旧的草席，再用一次旧
当垫子。小女孩将前端拉高，如戏幕
从新堆的土堆顶部开场
像公园移来滑梯
扬起的尘土跟欢笑
一样密集。小男孩也效仿，以旧换新
两位母亲当笑星。原来，心境
也可发明

撂荒路

荒草昂首，半尺身下
一土路。荒着，等田干，等稻黄，甚至
等车轮叩问
等生产路的名号
荒草才会低头，返乡的路才会接上
深秋的点头。看来
荒草的笔法，类似
小城的起伏

水边的茅草

水边的茅草，被夏风
抖动如马鬃，连营
嘶鸣

左牵千亩田，右放
一池鱼。一匹
青马，猎猎于塘埂
被取景。狭长的出口，我惊呼
茅草也懂狭路相逢

挖野菜

没有一分地，照样挖
野菜。河滩地是散养的，如
野荠菜、野辣菜，甚至面条菜，宾朋天下
我牵着春风下酒。春风
也是偷跑出来的游侠，陪野菜
练牙齿，练多样性。在不远的慌乱处
找童年，顺便
拎回半袋子故乡

行水沟

除涵管放开喉咙
满是水草，扎疼村庄的肠道
芦苇呆立一旁，没人搭理。如今
建房不用，烧锅也不用
看不清行水
四周铺开稻田，上游
水渠。游不出
分叉的乡音。芦苇蘸行水沟运笔
替村庄递状子

老沙滩

行洪区开口
总是很久。很久
大口喝水
也把沙子当饭吃
如今一身浮肿
老沙滩走不动了
靠树针灸
人像弓
总想把风弹回去

运粮沟

若不是名曰"九曲"，我
绝不信，你
在高速路口坐镇，兼
当灌溉渠顾问，兼
村村通水泥路志愿者

你，被分身

若不是外婆，脸上
那个酒窝，划几道
皱纹，出水。我绝不信
妹。就这

滴灌，给大平原
做面膜。我绝不敢言
遗存——
凹片茅草，聚芦苇三根
就这。田头。原来

河滩少不了芦苇站岗

水来水往，滩涂会化妆
这些年，唯有芦苇最听招呼

冲积的塘口少不了芦苇站岗
像守卫江山，也肯
为塘口犯浑

风替夏天压驼了背
冬天皱眉一头霜。芦苇
从不发火，唯恐一怒犯红颜
担心深藏的绿
擦冬走火

十里沟与十里桥

十里，赶集约半个时辰
省去古驿的存根
架桥过往，像奶头
被挺在床头的嘴里
衔着不松

沟与桥，一对孪生兄弟
安家置园，如今十里桥在
十里沟不在，地名在
沟，淌出永幸河，哗哗
铺开麦、稻，及扎猛子被呛的窘态

桥冒犯水，冒犯沟
丢掉名号
恋旧。因为奶水
十里沟村，填上小名
及我的小同僚，一起
藏猫猫

柳沟沿汇演

土得掉渣，柳梳秀发
柳枝编成帽，乡愁的情景剧带不走柳沟沿
柳树随便在沟边一插，长成
地标。引桃、李及工业园，当伴娘
嫁给属地中郢村，取个名分
柳沟岸树、花成荫，列队鼓掌

转场如戏
柳沟沿自编自演

新村喜庆，大柳树醉酒当歌
三四岁男娃女娃上演模特秀
非遗项目像端上的金盆，不愿洗手
三个女人（一女演老汉）一台戏，音乐起
柳沟沿演出《朝阳沟》"三亲家"，翻过沟——
"剩下的，都是好日子。"

退水

省略一个字
阳光安抚水洼、浅滩，甚至戴孝的田野
苍凉比泪水更悲壮

兽性省不掉，山大王
随手送上泥石流
权当送瘟神。山下万兽无疆
不知何时来，如同何时去
总是 G 大调

曲谱镶入"洪"字
多少河吟唱
多少堤坝应和
多少次仰望
如今，退到余生的伤口
——"跟进一把种，
或许又能长出苗！"

搓手的村庄

少去原生态的筹码
算盘拨不响
村庄明显矮小
手搓得发红，不抵口红
盖不住一层薄冰

抽走的农民工
在城里，年景不比风景
练习围城
散架的村庄学会仰望
儿童直流鼻涕

风，不会拐弯
脱光村庄
把隆冬刮进骨头疗伤
结痂的冻疮，反而
不敢进城

面朝黄土

土豆、花生在下面接招
吊我胃口。唯有砂礓磕碰
不像亲人

当锄头挨上坟地，我咯噔一下
抬头，知道天在看我

面朝黄土，总会有影子
瓜熟蒂落，甚至被谁与谁
在地下发觉

油菜地

这肯定是非耕地，油菜
躲在河沙滩，个头
刚高过立春
灰头土脑，像
犯错的小猫，更像

一个油腔小生，偏不是小白脸
叫春，不灵。上场
喊，沙哑排空。再喊，如走沙。再喊
沙滩也带不走一滴油

油菜，是大地龙母九子之一
不同于辣椒、西瓜、葡萄诸子
天生属油，从不捞丽质

立春的棋盘

非黑子，非白子
下的是绿子，包括油菜、蚕豆、蒜苗
租来楚河汉界
用水洗的河滩安放棋盘

枯草是耷拉耳朵的弃子，唯独根
在地下替它吹冲锋号

立春下先手棋
我旁观。风
揭下面膜，任凭
接续花团锦簇

野鸭子的 AB 岗

鸟氏扩编，源于一种复合型成长
野鸭子，今持有二证——
游泳证 A，飞行证 B。不同于
家养的鸭子，常被口水
挂边。而人也习水性，纯粹的
A 岗，常风险环生。B 岗，比人多一项技法
可列入空军。野外，我
却在村头的河边发现
20 多只野鸭子，把我的脚步声当指令，行
注目礼。或戏水，或腾空
演习立体化作战。这种韬略

纯系生存法则使然。薪酬多少不论，生命
只兑付一次。混岗，以野鸭子为师
人类不缺多军种，野鸭子藏了一手没教
多一"野"字，被我改编
加入海军陆战队，可飞可行

淋雨的地龙

天气预报说，雨水
按时下拨。你长期潜伏
地下，挖开
不止一处。一处
为另一处下笔

地龙，以身写日记
点、撇、捺皆管道
留下段落，让雨
淋淋，成壑

雨是地龙的鞍马
空地，一个鲤鱼打挺——
"我也是龙啊！"

兴许房舍为雨所破
你裸奔在外，听风
疏松，听雷
传话。切入命中的
共同体，仰天一长啸
——"再难，不腾空！"

山坡

山坡，只能活成人的一部分
决不是人，伸出的树
在影子里私语

上行，下效
山坡替我担待，甚至把一些过往
扔回山沟沟，任水问津

从来，就是过往
一条断头路，授命悬崖
称量节操

河边的小木屋

一把锁替主人把持光景
门缝的光束把镰刀、锄头捆在发暗的角落
像待岗者续约。油菜、蒜苗伸懒腰
从春色的袖口长个头
我同河水并肩平躺，分解光泽

这是河滩地，入侵有联合体
纷纷被绿缝补
沙子回味送走的大水
满目的绿让河道瞪得发毛
漂来的木头搭成小木屋，怀想
上游的多间房舍

节令不等闲，如河水的利刃
不会凭白狂舞
小木屋留下话柄
被河道攥着。另一间又开启炉灶
河，正为谁出庭？

受伤的油菜

凛冽攻城略地，寒风站成刀斧手
油菜平白挨一刀
面色与大地同宗。好在
根会续命，敢向冬荒叫板

第二刀，雪水结冰式
像绞肉机。油菜披挂黄金甲，应对
边缘化沦陷。头裹纱巾，菜心
周边的壮士，敢断腕，敢请命
结团火色。好在

第三刀，被上升的暖气接住
阳光唱和平长调，可绵绵供血
春风轻轻唤，油菜
果真名曰油菜，开花接待

荷花是村庄的更夫

立在波上等风憔悴
荷花难得一睡
住下的影知道荷塘多累

蹲在村头，全庄唯一的洗脸盆
雨是挡不住的碑文
告别天庭才是荷塘的开始

荷花是村庄的更夫
时刻提防又一轮吃法

禾苗把住出口
谁向天笑
奉献总是说给坚守者听的
荷花淀不如课文
一脸淡定

路边稻

路边稻，向路点头
向金色举手
先壮一个腰围
先金黄一步，因风
先打招呼

稻与稻比肩。向
土地叩首。挤在外头，雨
更认得出口

路旁花生秧藏几个早产儿

深秋提走花生，一奶同胞
大大小小。花生秧被撒落在路旁
秧上藏几个早产儿，阳光赶走水分
我听到婴儿被遗弃的哭声
捡起来，一个，两个，三个，顺道
香一香嘴。感觉与吃请的香法
不一样。这是缘
舍弃，兴许别有偶遇

铜钱草

头戴，一顶绿的
小圆帽，似在等待朵朵白，发问
围上来的秋深，几重
咋缺乏血性

没有征兆，不可能正名
绿盾失策。一旦
遭遇冬的改良，暗淡下来
花的全是泛黄的铜

风写下柳条的伏笔

垂下的长发，比人
多一个染色体。绿，追寻
金色的普惠

这柳条，最有方向感
风替它写伏笔
它替雨奔袭

唯有叶茎拜枯黄，被大地
卷作烟抽
口味才听从过滤嘴

河面

任风掏洗耳廓的杂念
撕碎的脸，谈不上粉身碎骨
水从不以统领泥沙自居。浪的扑空
总会有另个浪垫背。这种

补充，水体有了河的样子。浪
抚我以琴。声声慢

我的寸光猜不透河床，水安眠
或醒几何。猜水聚少
离多，未必等船在，如同
中午有岸接引，阳光不在
风也愿拉我入伙

盛夏的荷叶

荷叶被光施了定身大法
汗珠爬上去。微风只扭动一下
咒语又引诱昏睡，甚至打起呼噜

我挺不直腰杆喊太阳
荷叶疏导经络降温
白荷花、红荷花也懒得鼓掌

这样的夏，收缩于荷塘
水丝毫不会铺张，像额头上的盐
羡慕大海的胸膛

鱼塘与村庄（组诗）

撒网与扭腰相关

再小的网比池塘大
一网下来，再白亮的天空也会黯淡
星星蹲在网眼守候
分不清眼界
想不流泪都难

鱼尾是爬上岸的村庄
回望是不需要情分的
毕竟网上的日子还知道挣扎

撒网与扭腰相关
生态离不开一个吃法
只分口舌甚至口水
天下原本一盘菜
网眼只参加告别仪式

鱼塘

鱼塘蹲在村头守候
在皖北。最初的鱼塘叫圩沟
像个吸旱烟的烟具
老人吧嗒一口，年景长一寸
村庄抽得哆嗦

鱼儿是村庄的诱饵
没有鱼的池塘不会持久
没有鱼塘的村庄如同烟叶
吧嗒不出麦子

鱼塘跟着年头翻转
麦子不吃鱼
鱼却能充实麦子
与麦地接壤，鱼塘像
隔夜的油条，次第
服软

管子

村庄的温度由老井补充

一担水，又一担水
把老井挑得心慌。挑夫
总想重新在清冽的老井里
找到影子

如今。老井缩成管子
住进小院
让压水井单干
往往需引水憋气。水，这种
地下工作者才肯出场

压水井的胃口赶不上池塘
解渴。防渗渠是村庄的管子
一节一节戴上手铐
防跑冒滴漏

根系拒绝管子
打点滴，需找到血管才行

鱼鳞与麦芒

鱼鳞如盔甲
划开水

没有血腥
没水的鱼塘像把刀
把村庄刮伤

麦芒如戈
刺向云
不求对话。云
注定走向鱼塘

鱼鳞与麦芒
不该交手
尽管鱼塘不能种麦子
麦子也怕呈鳞状

谁伤害了故乡的肠胃

西北风一鞭打下
港河汊淤青
一条饿瘦的鲫鱼负全责
鲜活半锅汤。妈妈
把半条偷偷给了她最偏爱的儿子
傲气的鱼刺引我上钩

一手端碗，生怕汤被风偷喝
一手用小手指探囊
一败。借馍、醋探路，再败。一闭眼
如此反复
总算把半条完整拿下。从此
最好的荤菜
驻守家乡

那根鱼刺留在后方
端碗的村庄
面子不过碗口大。如今
消化 N 条羊肠小道
用水塘泡饭
下一顿，再用筷子
夹住砂石路革命
稀稠不论，甚至吃相不论

得肠胃炎那次，汗珠
为我打滚。打点滴不光补充水
像修防渗渠
我才明白
故乡伤在哪儿

鱼尾

鱼练习平衡术
靠尾巴
左右逢源

对鱼而言
村庄的胸怀只有池塘大
天是不敢多看的
鱼尾向上翘。一下、两下
宿命就在村庄

村庄再次挖个塘
鱼尾纹爬上岸
成为垂柳
守望。像网

人与鱼

鱼鳃这种挖掘机
不打水枪
挖泥

说明出了问题

人与鱼
只隔一个胎盘
人游不回羊水，如同鱼
补不了胎气

浑浊漂不白
鱼不时抬头、冒汗，生怕
溅起
错位的奶水

（二）格物篇：
菊黄，像倒下的宫廷瓦

斜阳

那一眼看过去，像滑梯
拴不住炉火。一遍遍，回放
倾斜度。我，偏偏找不到
一个支架

斜阳，就是那个广角
镜头。时远，时近
看变形与度量

兴许，度量
就是难言一天天撑大的
斜阳。红着眼看过来

再也不用斜视，滚滚红尘
一只火鸟飞了，留下
千树举巢

菊黄，像倒下的宫廷瓦

山泉替林黛玉束一下腰，口吐
一片误闯的枫叶。咽下的
内伤，是支付深秋的路费

长河，被神取走一瓢水
额头多一道皱纹，下沉。想必是
南山的勒痕。唯有

秋菊，远离山顶
遍野的黄花，像倒下的宫廷瓦

凤台页岩

迭起的海浪装订成册，神笔
从茅仙洞的笔筒中抽身，点石成文
一页页溢出，藏于
凤台双峰山倾心打造的楼阁。海风顺手牵羊，带走
一部分。双峰山，像两个书童捡拾
造山运动的残篇，研读
数亿年，至今下不了仙山

我把它摞起来，地质学家敲打出断代史
美其名曰：凤台页岩。卧榻于茅仙洞旁，
得仙风俯仰，看似
躺下，实则被推着
神游列国。凤台页岩，一个不同的身世
幡然醒悟，一部天书
在泥浆中站立

弹雪

一支弓，弹
棉花。噔，噔，弹碎了
偌大浩荡，雪
像棉絮，唠唠叨叨

所以，雪做不成棉袄
偏喜欢席地打坐

拿这场雪赴宴，一步步
逃出弓的家门
肢解给凡尘
雪地，冷飕飕，看着上帝
借天空的神采

光伏发电

再也不怕十日并发
再也不用煽风点火
悬空的光，喂进集装箱
水面、房顶，像织布机
用梭子把光、热分道上传
四季如一。集成普照

靠天收，这种恩赐
被称为"小银行"，只要你想
太阳就会变魔术零存整取
灯，热水器，咬耳朵根
像儿时晒墙根

任何穿起光的衣裳
都是分身的太阳

量子学说

混沌抖动一条绳子，量子
打成节，另一头
记事、记人，记格局
惟牛顿的头痛不记。神性不记
伙同神经元谈恋爱，在此
证彼，相互传神

唯一不同的是，这类恋情
不分性别，辈分
节点串起牵挂。天南地北
开挖超级计算的脑洞
量子拍一下脑袋，十万八千
测量量变的气场
自我或他人遥相呼应

夜明珠

天地间的唯一，亮度
无外乎摆放
摆在眼前，叫昼
放在身后，叫夜
唯一的唯一，在于，一个属真身，另
一个叫仿造品，故
明与暗分离，各举
不同的元角分

广播电视塔的文本写意（组诗）

广播电视塔上的鸟窝

一座塔，拔地
成巢。这种小蛮腰，扭起来
钢与钢拥抱，孵化
信号，需天馈线与发射机房抱团
取暖，放飞漫天信鸽。除去钢，当下

还留一个鸟窝，枯枝做的
家乡，拉升远方。谁随手折断的枯枝
抛下秋色，被鸟珍惜？塔连床头
的电视，妈妈爱看
我没看见鸟儿前来拥抱，甚至
想发什么信号

天馈线，与天地同责

天线张网结盟，规划天下

一奶养大的血脉图表。电磁波
奶大的云海，广播电视信号如鱼穿梭
接通家乡鱼塘边的张望。不妨，馈赠我

同胞的同，以信息流同频共振
顺风耳的顺，以八面得风写意文本
——与天地同责，揽山海同窗

我知道馈线，粗如水管，堪比
老家门前的压水井，怀抱一个
又一个同心圆。这

天线与馈线，亲如孪生
相同的使命，惟把差别
退回天空

广播电视塔旁的芦苇荡

广播电视塔被定居于洼地，罕见，偏又
遇见。鸟与蛙请百家
争鸣。我发现芦苇荡在旁
编印唱和集。且补正有三

芦苇拿毛笔，向上
广播电视塔拿电磁笔，向上
我睁大眼睛，举心事向上。惟万物之根
向下，求证生态链的共鸣

芦苇猜不透天宫，广播电视塔
连线猜。我眼中的血丝，再猜，却无法
架设管道
供养大自然的心脏

发射塔与芦苇对视，高低搭配
想必信鸽陪信号齐飞

草鞋为电视塔梯赋形

长征的草鞋比钢耐用，我
发现藏有草地的胃，雪山的骨。这种养育
与草鞋的接地性有关，与
二万五千里的韧性有关。如今

草鞋穿成塔梯，被发射塔竖起来
提亮塔身的信仰。这种精神

让稻草长生不老

让钢甘为人梯

我十步，约等于塔梯的一只草鞋

又一只接续而升。仰望

多一步，刚好是天庭

广播电视塔被当作一棵树

大片的稻田被秋收的锋芒更名

本可飞得更高，十几只麻雀

偏在广播电视发射塔的根部腾挪，抑或

仗言一个选题

我估算一下，大约在 30 米以下，不足

发射塔身的五分之一。莫非，庞大的钢构

伸出了念头？一只乌鸦，拉长声带

出面呈述。我发现，一只又一只麻雀抢占枝头

甚至扑向草丛里的虫子，这说明麻雀

跟鹰的盘旋不同，跟鸿鹄的高远不同

广播电视塔只被当作一棵树

维修工广播电视塔上发视频

浮动的信号，如水缸里的瓢
按下、弹起，陪安全带在腰间呼吸
大约 100 米，他开始气喘，发
位置，向地面报告平安否。风摇动
一只鸟。正常，继续
向上，他登高一级，又一级
在他脚下，垫高分贝，直至 168 米的设计
校正路线、方位，他成为视频、声频
的合谋，天馈线张开欲望
像精卫鸟，填蔚蓝的海，蓝
通向他的家门，像岛，听涛
传万家欢歌

广播电视塔与新闻人

天地间，立人。广播电视发射塔
模仿人字，独缺实体的翅膀状，故
风呼雨唤千万遍，不可能飞离。上下
信息的涵洞，流淌着职业，流淌着战争
与和平，甚至神圣与幽灵。新闻人

闻风而行，止也成塔

一动一静，里程碑的过程，需新闻眼
在地球村挖地三尺，捡拾
天下事。一座又一座
广播电视塔帮助发酵景阳冈，推送
此山虎与彼处猫
大小、来去，皆因果，皆话筒
发射塔始终连线，此频道，彼频率
——声色并茂

老广播电视塔被锈带走

铁锈，像中枪的战士
淤血暗红在胸。与老家
当年黑白电视机互证
命门。姓铁，三十年大限，不同于
当下的钢构。被风雨领着穿梭风雨

锈，帮铁塔持续掉牙
等一等，便可与弓腰
的犁铧同，与父亲的哮喘同。等一等，老牛

与老广播电视塔同，老广播电视塔被
切割机认领。我，一位从业三十年的新闻人
刚送别父亲
又向老广播电视塔鞠躬

扬起的脸与玉兰花瓣

满山扬起一树白，最先
向春天惜别。一个花瓣
砸疼我扬起的脸，一地花瓣
又托举我的脚印。不忍动
一动，洁白便下兵符
催绿叶换装出征

落日颂

渐红、红，不及施救。壮烈
以加速度计命，一剑刺下
吐最后的圣火，巨人血洒疆场
像魔术师，把天空
装入口袋，留万物静养
自己抓稻草和森林入怀，重新
汲取动能，抱岩浆修行
一切黑，闪烁着牙齿，如煤
握成出行的闪电
天空，多出几颗星星问津

尘埃

扬起一捧土
有多少未了的缘？

尘埃上装
生就告别的命
从不奉承谁。一层，一层，被
搓下。追随汗水
自然与土地又亲近一步

直到把自己搓成
一粒眯眼的沙

茅草

矛，戴上草帽
像演习。这种茅，居野不野性
卧坡蹲点，沿路放哨
上阵从不争领地

野火听得懂
它不是寇
相传，白挨冬一刀
倒下一身白

茅草，只削发
不出家。似居士
在原处囤积粮草

茅草不怕死，民间还有一个版本，注重
养
根

芦花

一支叩问苍天的毛笔
不用墨，书写什么？

故交是岸，芦苇
坐等秋水净化
风，帮你解开入世密码

举起灰白的心事，留下
天书无字
猜，苍翠熬白

观烤鸭

挂起的样子，没有羽毛，也像戏水
游而不动，动
来自滚筒，帮它或它们圆场

滚筒使个眼色贴告示
"不要靠近，防止烫伤"
我把眼色捡起来，唯见——

白净滴下最后一滴
水，鸭子便穿上黄衫
"晕头鸭子"作我替身

焊花

开，落，全是秒杀
这种情节，靠电焊条设置
接头不用暗语，全程热恋

电焊条，立起标准个头
一吻，一流泪，矮一寸。倒下
牵头，又一条线
焊花敢只身替硬度犯险
显系情场高手

花下竞风流，唯铁与铁
肩并肩，冷静
从不争风吃醋，安于过好
下半生

月牙，悬而不赏

嫦娥的指甲，月牙
划破窗纸
天宫，自有天宫的窗外
伤疤状，悬而不赏
喊出内心的冲击波

比手指多出的欲念
剪了又剪，散
落人间。从此，尘世
多出柳叶眉

昙花白

任何造字，都是一种入侵
比如昙，一束阳光把云朵擦伤
才知收敛个性

短暂的开，寓于
大半生苦修
如佛发现最美的空

白若产妇，昙花开一次
相当于一次小产
用失血印证白的代价

在盆景里，昙花看我
像用减法的剪刀，留
凄美一笑

吊床

一个网兜，大的
装人。关乎山。
山民把网兜系于两树
睡眠，悬空
像月牙
时而给白天镶边

游乐园，吊的
也是。只不过像荡秋千
把童年悠丢了
白天的玩法，被月牙
勾上天

海的视角

一条蚂蟥拱着浪
身高过丈。海掐腰站立
把我看扁

蚂蟥咬我一寸
我让浪头在脚前
求饶三尺

海，坐等
无风的风，碾压浪
鱼竞飞，举起的高度
与我平分云朵

浪的宽度减去飞起的鱼
刚好够我造一个
骑蚂蟥的梯子

海，看我忽高忽低
我便可算出海的宽广

蚊香

蚊香本无蚊
穿时装，或黑或青，一盘
蛇。抬头的烟雾
如蛇信，香
舞动鞭子。抽打
夏夜，也
拷问我

蚊香不得亲
我偏又不惜近身

淮河红桥

这红脸，到底唱的哪出？
淮水吓得苍白
红船教我乐水，很是暖脚、养胃
罕见红桥低眉弄波

一顶花轿的架子
停放于淮河的中堂，半成品
想必给谁脸色
这红，肯定不是雨后的飘带

轿夫不在，杠似红绸
晾在淮河的床头
阳光又急匆匆约会。桥墩像火炬
烧水，焚天
水照亮劫后苍凉

山脚的楼群

山大王不知去向
顺从夕阳的光，我发现黑龙潭上的山被包养
山脚的楼群像门卫
挺腰而立。更像栅栏
拦不住色香味

山头的火，绝不是炊烟

淮水面沉如黛
楼盘一览山小
山成为漏网的鱼。在淮水三弯
夕阳憋红脸。我想
肯定有人下套

夕阳

用走过的光，画
一半。藏一半
路线图，关乎白，更关乎红

红着眼
也熬红心事
想必，把最后的一滴血
留给夜半
点灯

这样，你应改名换姓
把白天做成内衣
穿一身光明

人工增雨

老天，不怕脸难看。怕
干裂，合不上渴望
有时的乌云，像矿

你瞧，包公之脸
黑成啥样？一个出场
肯定另一个下场

这需要契合。按下
增雨火箭弹，像镐
向上开采

这时乌云，被恩爱
像梳秀发
滑出澎湃。淋漓一下，
送雨，出嫁

立春，请盆君子兰

一层又一层，鼓掌
像千手观音，绿染而起
立春，同事特意
给我请盆君子兰
含苞不放，三个骨朵
像三人行
举出师表

香未起，为谁前行？
斗室平添圣神
这天，我不知能立什么
浅浅的兰，为君子代言。好在
春天伸出手，我自然不能
袖手旁观

彩虹的课件

网红能红，天就能
挂彩。彩虹如此授课，根本
不用一本正经。课件的首页
尽管画上一座桥，不是什么人
都可通行，比如佛

佛光纯粹是心力圈，请人填空
彩虹靠雨点读秒，授课前
需找风、云帮忙，扯
虎皮状，默默运气疗伤

所以，彩虹才被仰望者盯红
顺便让网红借道取经

枯井

一缕烛光先于我
探险，如试纸
测试枯，瞬间
凋谢如叶卷起的舌头

光，渐渐缩回蜡烛的体内
我变成井的胎盘
偏偏，无羊水接济

惟见相像，老态
龙钟。静修，则把枯井炼成
利器，坐大无形

月光顺着水面游过来

月光，荡起桨
顺着水面游过来探视
踩踏的水藏着星星
有想法的星星，晶晶亮
勾住眼角。为此

我才有了影子，跟踪
低头的云朵。草丛里，一只鸟，飞了
想必又多一只嫦娥

影子总爱素描

花蝴蝶一片香，影子
在地上画灰翅膀

一只鸽子扛起阳光，影子
举头寄一枚月亮

我大步走，影子追着模仿
我小步走，影子发同期声

白色，粉色，甚至四季装
影子练习素描，下笔
暗几分，总说冷静、冷静

枯荷

早已无法打扮，连拐杖
也靠枯枝拱卫。像是晒太阳的老人
无意挥手西下的残光。我在
狼藉的荷塘，寻找残兵。空出的空间
爬上眼角。我在
立冬的前一天。无一朵花、半点绿，下午五点
猜太阳，提前给人类摊煎饼
距离有点远，欠火候
等待下一场

处暑这天，一口塘半阴不阳

预报说阴到中雨，我不敢深信
龙王的胡须毕竟苍白
秋老虎骑虎难下，阳光持续鞭打沟壑
当家塘，不当家。抵达处暑，这天
我刚过中午接到小雨搓脸
驱车一小时朝圣
楚国孙叔敖挖下的一锹智慧
安丰塘，一头浑浆，卸下伪装
头顶几朵云半阴不阳
二千多年的硕果，被旱情摘下
十多个少男少女在偌大的塘内蹚水
脱光的塘沿猜不透浪痕
卧在浅滩的皱纹笑不起来
闸口像老人，前列腺炎
比尿尿，一滴，两滴
提醒周长百余里，罕见而立

轮椅

轮子裹住风，老人
静下来。拍腿
吹不开云。最好，轮椅
空着，推己及人

儿子上班，老伴推
电瓶接班，推
他按开关，像两个界面
路与路人

不坐，推空轮椅
老人特卖力，故意不用电
似乎推开曾经——
"哇！今又站起。"

坐山体彩虹滑道

彩虹落山
我陪彩虹下山
这个作业，要点有三
把屁股陷进轮胎
两手向上固定
双腿抬高
——人体划对号
（这就对了）

旋转是轮子的命
直冲，旋转，前仰后合
看似惊险
——早有底稿
（这就对上了）

彩虹笑雨后
设计者陪我演双簧

老渡口

一条断链的齿轮
空转。河是楚河
汉界无援兵，戏水
无剧。在此
任何抵达都错失拥抱

船不歇脚。过往的波
模仿省略号
没有往来
搓板路陪老艄公蹀步
谁扔下的西瓜皮，不慎
让残夏失重

轮胎是索拉桥的呼吸机
与桥为邻
是最好的挥手

白杨树

不解为什么姓"白"
直到怀春的枝头挂絮，白白的
头皮屑。盖下来
唯恐躲闪不及

叶子从旧伤的头顶起立
鼓掌并非风传的方向
不像我，头皮屑
先白。头发继续

走不出自画的圈
再高，自己只是自己
唯有落叶尊重前辈

凤凰

传说，肯定是凤凰的口水开挖的
河道。岸边的那棵树，就是
后来被命名的梧桐

肯定有那么一点丽，被树梢
欢呼。哇，又牵
声带飘扬

凤凰，肯定不止两根羽毛
当年凤求凰用一根
穆桂英戏文插的一根，被传说借去

唯有树叶咬舌根
我想，梧桐就是人站成的佛
不舍飞，才纳福

瓦房

麦秸或茅草藏间谍，被秋风
钻空子，杜甫
那间绝唱的草堂，终于有了
升级版。一片瓦藏下影子，另

一片，列队站岗
坚守阵地。如此整齐、接续
请雨绕行，请风躲开

天色，非眼色
等待，也是修行

天桥，七月伸长的舌头

汗跑得比船快
天桥不太高
总感到像山坡
怀揣七月
天像个没盖严的蒸笼
把人当馒头
试验

天桥，像狗
七月伸长的舌头
哈出的味道
把不小心的护栏
烫个泡泡

车快得像浪
在桥下
我真想驾个帆船
把天桥撑开
留下河
洗澡

（三）情结篇：
情分、情怀，大小影子一张图

杜鹃花

血淋淋的实事，举起
这种花
不该用艳丽说事

喋血，未必穷途
一种鸟深入花朵，不飞
替灵性寻找出口，我
帮杜鹃向天喊话

我从不愿领它回家，深怕撞上
家中吐过血的老爸

父亲的名字叫"老家"

心跳是老爸心脏病逼出的秒针
扛起儿女们车轮的意外
病情如潮汐
被另一种外在的力量把控
一次又一次退潮
沙滩的脚印，把
老爸的心脏走成碎步
儿女们慢了下来。仍最怕
深夜手机屏幕上被"老家"击中

能常见的，不是老家
"老家"是老爸的代码
村头歪脖子树放哨
提防可能变成被搬运的码头
甚至怕人谈论在世二字
这时，我忽然觉得自己
离老爸不远，包括老家
没有比复制更可怕

大小影子

影子是光的自爱。我举起

煤油灯的光，帮母亲
用双手在墙上完成夜的素描课
变猫、变狗。这个装束，像木偶戏
我比猫狗先叫。这时影子
真小。却大似童年的引桥

太阳，领我以本色出行
我坐下，影子
缩进体内，小如佛珠。夜，
翻窗进来
又守成母亲最大的影子。从此，再造

一片天，净我
尘埃

唾沫在手

手茧赐予锄杆通体光亮
父亲吐口唾沫在手
降服打滑，锄头则按下抢答器
俯首的角度，恰似顶礼膜拜

"一口唾沫，一颗钉"
唾沫像铆钉，深藏火热
父亲攥紧的骨骼声，原来
出自劳动号子

待火热的锄杆挤走唾沫，密钥
逼父亲再吐一口
直到杂草跪倒，松土如花

如今，收割机成为父亲的模仿秀
唯看继任的齿轮朝拜

咳嗽

床咯吱一下，催父亲翻动夜半
咳嗽，不全是旱烟引爆的雷管
顺从嗓子，就能看清窗外的明月

一声远，一声近，咳嗽
不惜把自己掏空

梦父亲屋漏

漆黑如夜，白天看一眼
心慌十秒。停在老屋
父亲自备的棺材，在风雨外
似乎等待心脏病突发风雨。棺材
等父亲十年
意外，我没赶上父亲的等待

昨夜没棺材黑，我梦见
搀扶父亲的棺材下地，腿抖，摔倒
可能坟头少我一锹土，导致屋漏
——别怕，父亲，刚接到预报：那方
田地，今冬少雨。挨到双休
新培的土定会接梦入住

移进棺木的桃园（外二首）

桃子熟了，南山坡变陡，好在
够一口棺木攀升，我的岳父
进来，不到六十
妻子把眼哭成桃子。桃园
哪怕桃子压满枝头，从此，叫南山

送殡的队伍总插队
棺木插桃园，桃子插林荫
影子分开枝干，我插进影子，私约
兴许能特批岳父先尝尝鲜

坟头草飞，桃叶在岳父的门前守孝
这时，一段经文如盖
洗面。我捧起，捧起，神圣无泪，如
接引蟠桃与盛宴

葡萄园接走岳母大人

桃园安放岳父，留
两个棺材大
租期不定。另一口
备用，像合并同类项
更像共举房梁。岳母勘定它
桃花朵朵列队，接续桃林
比家中那棵孤芳的桃树，多些邻居

万万，没想到桃园亦老
改种葡萄，赶上岳母驾云
一串绿，接续一串紫
岳母在葡萄架下，一年又一年
从不起身，似乎光景租赁
很远，够不到的远
藏在葡萄里，酸胜过甜
直到满目空藤

两座坟升起的经文

一座：岳父，在桃园

一座：岳母，在葡萄园
升起同时、同声、同样的经文
我只是阴阳贯通的一封信

风雨在棺木外揣测
坟头接引天上的星

桃子换成葡萄，酸酸甜甜
岳母与岳父并行，从此
化作贯通的藤

同一的祈福，葡萄叶
请收下一丝风

远去的父亲被镜子罩下

只有敢照，远去的父亲
便会被镜子罩下
我就是父亲知天命的遗存

村头的大柳树听得懂父亲的沙土嗓子
柔中带刚，抓住水沟喊天
从来不惜身价，谁
又堪比风雨自修的容颜呢

霜不老，削减鬓发
找父亲结算。镜子
藏不住一把刀，岁月呀

镜子的真实是拓片，我延续着
父亲的笔画，骨头正被影子放大

中秋月

中秋月，劝青丝红丝
别拌嘴。我只想，代月饼
向家乡鞠躬

难在。月光的丝线不够长
难在。母亲当年的纺车没织进月光
如今母亲在炕头，父亲举坟头
没有尺子
够得上中秋的额头
我只想，请月光，把砸向我的馅饼
分一半给炕头
留一半给坟头

回趟老家

不知是什么因果，如此突然
强迫注射针装满毒誓
扎进自己的心脏。毒液喷发
亲人的世界全是我。我
一个不剩，包括茫然
父亲不用再喊
坟头像针的野草铺开
不像人头。没有一根神经
我只有抵近父亲，甚至父亲的父亲

我惊恐于针。针找不到方向
方向在他者的手里。他者
缩短选项于针尖
妈呢？似曾救人的针
催我离开。一遍又一遍
空气被压进眼球。一触即炸
"我！我呀！"哪怕手机把我录下
又能撞响几声太息？

大小影子

梦带我进高大的城堡
好在睁眼星光更高
离死亡最近的唯有直指胸膛的债务
今天，我特想回趟老家

预报明起有雨雪

雾填充菜叶的缺口。野外，九点
一只麻雀用尾巴洗刷雾水。喜鹊一起一伏
鸣叫，想必跟我的动因相似，力争多摘一朵
懒洋洋的太阳花。太阳

提一支毛笔，洇开
无云的空旷，把空濛的天空提亮
穿红袄的农妇捣鼓菜地，想必给将至的雨雪
腾床位，更像给返乡过节的亲人添衣加被。我

下午，准备上坟。哪怕，提前把夕阳
分享一部分，给爸。收藏于地下，暖家

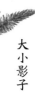

节日不常跪考

想必清明会下雨
我提前邀太阳没下山前相见，怕水
冲进外公、外婆的门槛，怕
烟火把家门熏得比麦苗还低
好在您们一辈子谦和
甚至从不大声喧哗，生怕麦苗与麦苗打架
影响一季子孙。无奈，门挨门
无一间高出麦地的庭院

心中的刀挖出一片空地
麦苗首肯，纸钱咬伤，空地不阔
想起年少时您二老一粒一粒呕出的花生
喂我"香香嘴"，偏又闻闻香
想起摸我头的手掌喊叫裂纹。偏不知苦

节日不常跪，清明清淡如烟
一次约等于全部
我跪下。清明高过头顶
坟，一片水田地。一季麦，一季稻
水漫过来。很快，很快
我该怎样下跪

马桶前的白骨

王老汉，蹲在采煤沉陷区的马桶
出现意外。如提走煤的灵魂，留下
陷阱的拷问。沉陷反复被积水抹平，光亮的水面
举高瓦房，他沦陷
于此，用头触地，似乎叩问天道、孝道
他刚好八旬，留二子一女，四月天的光
从他的眼前一黑而过，省略
一道通往白骨的疑惑

死因有二：一说脑溢血突发，一说
随老伴梦游了。老伴别他三年，夜半孤苦约他
飘起与星光结伴的磷火
他一个人照顾一个人，沉陷区老住户被集中安置
他乡
他偏要陪下沉的老伴
直到水漫坟头。梦老伴屋漏，鱼吻门头。这种低
常使他的降压药降不下来

老伴在水一方，王老汉替阳光探视，替雨水嚷嚷

长子、次子常年在外打工
老三是个闺女，远嫁一富商。一个半月
王老汉没收到一个电话
——儿女忙断腿，莫非
连手机也需打通"最后一公里"？

"一个女婿，半个儿"
王老汉的女婿，开车到沉陷区
打不通电话。远远停在省道上扫描不成
步行至瓦房，喊"爸"
——像井下的风镐在地心翻腾，平地不应。在厕
所马桶
发现一具残缺的尸骨，颅骨上有头发
遮不住白骨，像高山六月的雪

结果出人意料，长子指着白骨说，"不是爸"
——这件衣服，没见过，谁买的？
女儿说是。她从左腿的骨折，找回前年被摩托车
撞断的证据链
次子提议验DNA，被否决
没惊动派出所，最终当"爸"下葬，且省去
火化。从此，沉陷区又少一声响动

自动关机

赵老汉老伴走了，子女给他
配个手机，作伴
子女一、二、三呼号
——通，且声音纯正

他最不怕手机费电。哪怕一天
只费半格子电，第二天也充
确保手机天天精神饱满

子女在外，开始呼他多
后来他呼子女多
再后来，十天、半月接打不了
几个电话。孤独的手机，学会找魂儿
赵老汉，没事
也找远亲、近邻聊天

直到村里文书呼他，补充
八旬老人信息。结果
关机

地图

后背，一个女人不惜撩起，亮出
淤血的飞地，请手术刀签单
像沉陷区取走煤，她取出皮肤
为烧伤的儿子。一片皮，取走一个村庄
又一片，取走一块麦田
再一片，取走门前桃树。留白，白茫茫
她的白呀，被刻画成疮痍的地图
怎么看都像下沉的家乡

地图被沉陷区修改
她被地图修改
儿子，陷于城中火，她提不来家乡的水
应急。一个农民，用后背透支进城的梗塞
血脉呀，根本分泌不出
体内的安静，举目蹚水
如大柳树
总在村头涵风养雨

朋友圈游来两条鲇鱼

游。草坡上尾巴甩烟头
水泥地撞上半截铅笔，一条
比肩一条。嚎啕没大小，转场
约等于刑场。这段视频，来自救援队
——救人。顺手牵上
两条鲇鱼，说"红烧吧"

再游。远水比天空远
鱼尾扫出石子、干草和擦伤的血痕，用鳍追赶水
鲇鱼的呼唤藏在腹部，没法录音
游45分钟，相当于一节课
没游离五寸，唯见鲇鱼
多打几个滚

一直滚。滚，演给谁看？朋友圈
做不成生态链，圈点不出浪花
鲇鱼被天空告别
我把"朋友"删去，一会儿
又冒出一个"朋友"
只少一口锅，没被转发

眼角细皱纹

从不叫它鱼尾纹，深怕惊扰
眼神，也回游。年过四十，我看见笑声的筛子
流淌细面，拌和杂陈，在她的眼角
变得酸甜可口

中年的动感，另一番
战栗的唇

微醺下，一马平川。谁笑
当年的红盖头，扯上风
总是盖不严。谁不知，掀开它，
便被认出，谁
谁家的女人

红盖头，不再山重。脸，却有水复。刚才，笑
烙下细皱纹，我发现一蹊径

相片

——悼诗人游子雪松

从未谋面。微信说，你被病毒
摁在湖北的床上。晒两张记忆
二寸。拿个话筒
七寸。和几位文友笑
游子呀，相片不认返乡路

刚毅是皱纹的画
你是诗人。只能从皱纹里挺身
眼睛大得仿佛不会闭上
这是第三张。总爱陪诗小坐，哪行
匆忙，才是最好的游子

第四张相片。我没看到
想必还是第三张
想你在异乡
被同比例的窗口留住
话筒却给了天空的白
好在有雪替松延续
飘零

（四）游历篇：
唯我游客，最解熙攘与过往

淮河第一峡（组诗）

八公山下的漩涡

八公山喊立正
淮河急得跺脚，漩涡
就是它冲冠的怒发

演太极推手，给谁看？
这托举的漩涡
像淮河端起的酒杯
献给苍天。像盛开的荷花
献给盛夏

漩涡争辩于山脚，蓄势夺路
成为淮河记事的一个绳结，撰写
日历月历年历。结在，本性在，所以淮河决绝
进山赶考，拜师大海

淮水西流

境遇不可欺。淮水东学
西渐,莫道违背谁的天条

磕磕绊绊,与八公山
交涉。东归无门
好在,有西下的夕阳结伴,有通红的
光影送暖。口水不解渴
西方无经文,寻觅,寻觅
一段决绝的淮上逆境。原来,唯一性
出自另个活法

淮左堤,与山体同责

淮水,一手举八公山,一手
落在董峰湖,像个半身
不遂的患者。与山体对望的淮左堤
站成淮水的拐杖。凡被拐杖
戳痛的地方,总会领一份意外险

董峰湖,无峰,有险,想必

被大水削去顶戴，在此服役。一旦成峰
势必是洪水绘制的白加黑，势必帮
淮水来一场扩胸运动

淮左堤，与山体同责
水势却分君君臣臣

峡山口

淮水东归，签下
第一张通行证。淮河第一峡置崖
咽下南宋的苦水
《筑城记》大汗淋漓
替淮水捡拾远去的刀枪和战船。远方
咽不下的，由
董峰湖代劳，或者提高上游的肺活量

峡山口，一个交易行。上下贸易的落差
由水体两米反差的秤砣权衡。隔岸的香火
召不回覆舟的亡魂。1996年扩容的天平
由景观倾斜于民生。留存
一艘石作的船形，安然于淮水之胸

提升贸易的额度。峡山口大优惠
第一峡，从此衣带渐宽

峡山口神龟

峡山口，两山对话。中间，大禹一鞭
抽打的淮水，湍急。天造的惊叹，不及
地设的伏笔。1996 年，峡山口拓宽
以炸药、挖掘机作刻刀，把山体刻成神龟，卧波。向
时光敞开角度

龟首，南宋版的摩崖石刻削去靠椅
龟身，慰农亭下榻处，千年皂角树抓住根基。顺便
把拖泥带水交给淮水，留白
苍天，再赐它
一个游泳池，酣畅淋漓。好在

仰为晴岚，俯为津要。电子天眼帮我
发现神出鬼没，它把镜像
印入山体。似乎，正借春风更衣

天下"人"字峡

大禹的斧头，如何
笔下神性，写
"人"字峡，在凤台，在淮河中游
撇是八公山造的
捺是西峡口余脉带来的惊叹，抑或
一里开外的西淝河流出来的豪迈。天下，就这样
成书，被古今装订。山体作封面，堤坝作封底
中间是深奥的淮水。堤坝比肩
垒高的人性，据说比石硬，比山苍

西淝口，添加一股金

"金生水"，引西淝河奔袭，金口发水
与淮河团聚。在峡山口东一里，申请加盟
持淮水股金。一路
高歌猛进，急忙
补峡山口上下落差的短板。淮水股市
顿时上扬，西淝口反被呛得冒烟。基于此

西淝闸，这个裁判长

应水做的足球而生。与运动会规则不同
淮河与西淝河高矮有别，踢进多少球
算胜，由观众认股的需求决定

黑龙潭作答

八公山含情，就此
别过。黑龙，没献风暴
潭上渡口静好
渡过楚风汉韵，甚至
山上的草木皆兵
送过苏东坡，南下，南下。如今
黑龙潭为淮河第一峡作答，笔头
画个逗号，昂首面朝大海
下一站，九里湾。等等我
替新时代填空

茶耳，请附耳（外二首）

有光罩着就好，病者不怕
十字镇放养三千亩油茶树
唯茶耳出奇白胖
一叶、两叶、三叶，甚至四叶
等我，空降名医

良药收购从良的胃口
无病者试药，我等如堵
十字镇从不徘徊
油茶树也从不掩盖叛变者

举起的白，反比绿健壮
像耳，听我数
一叶、两叶、三叶，替春
诊断微甜的病体
茶耳，请附耳
——莫非，我是病者？

石涧水库

被逼上山。晨光撒一把
颜料，风提笔忘词
水库作画，自不敢功高忘主
一边铺开恩泽
一边陪我傻笑

石涧被困，水盘腿
静修。怀想吹水泡的前世
和野花的欢呼

一只白鸟，呼朋不至
逡巡于水边，瞧我一眼
发现我有一同伙，匆匆
掠走孤寂。白白地
结交天空，一脸苍茫
偏不愿结交我

十字铺

路，总有接头

比如十字铺，品茗，打铁
顺便指路。各有侧重

铺开十字，布局者自迷
金兵挥刀至此，失去方向
被岳飞的长枪横扫
南宋，偏安一隅，茶农也多饮一杯
此时，铺约等于河山，修补着

我被"十字铺"路牌掠过，省去
一阵风，知道十字镇景区到了
茶馆、酒店、花海、民宿，唯不见匠铺
好在，我有备胎

洪山寨

洪秀全的分支，营盘
遗在大别山
来，有人报案
去，无人销案
多穴一空，至今悬念

脚印举我上山
山寨留脚印勘探
只有走错的人
没有叫不开的门

洪山寨，无人值守。往里
大雄宝殿，省略
甲乙丙。景区
名曰大别山石窟
——一派复眼，如案中案

花果山，喂满山遍野

石猴在，花果山才让吴承恩
多赚点小钱。假如
人从猴子而来
万年后，我是我，猴是猴
分不清辈分
我购五元一包的猴食，缘债
喂满山遍野

类人猿比我先行一步，叫先辈
猴子总在我抵达的景点
先行一步，当乞丐。花果山
养育先辈。花与果依旧，吃法不同
景区并非另一个丐帮。实际上，门票
也是招商，给花果山提成
猴子当有份

无头枯树在宏村鲜活

水专为花涂口红
无头枯树偏不
在黟县宏村南湖边打颤
无衣。无手。无臂。烂肉般撕裂的躯干
早春为风拉纤
一波又一波拉直眼神
与湖水、古村落一道揽客
鲜活江南
景区，多此先辈
塑造一景。不，是门神
站着。继续余生

唯我游客，最解熙攘与过往（组诗）

孙武苑

群山站岗，苍翠挡不住
风破寒舍，雨切遗址。再仿
未必是孙武的那间智库。再造
穹窿山茅蓬坞也退不回春秋，与
竹简刀刻的兵马对决
唯有号角催它翻新

冷风凝眉，剑气吹须。猎猎旌旗
收于淡定。胜强楚，几灭越
《兵法》止不住战书
总有后人闻风替你策马前行
"不战而屈人"衍生和平的间歇期

诡道，送阳谋、阴谋过往
送王朝和血腥过往
据传武圣"止戈为武"
威加四海，我听说
后来的学院开张多多，只是
偶尔邀你授课

虹饮山房

乾隆下江南，木渎必睹
灵岩山下灵机一动，一座
民间行宫，评弹、昆曲飘呀飘
带你腾云
香溪趴在门前偷听
摇橹的船娘把韵味攥紧

不事功名的山人，与乾隆靠近
乾隆把盛世喝高，园主
把自己喝高。后来，跌了一跤
没能抓住名气的稻草，生意
与大清一道中落，唯有褪色的龙椅在
不料把几道圣旨遗在山房
——这，这，就这
唯我游客，最解熙攘与过往

宁邦寺素面

宁邦寺，端两个碗
分别放斋面与素面，相当于

左手与右手，各有分工
吃斋，省去辛辣，佐以
苍翠净身。素面，对游客开放
风把寺门译成窗口

木渎香溪

再香再美的溪，一旦用计
只能截成江河的插曲

在木渎，船娘用橹作钩
钓吴语小曲。香溪应和
把我摇成风摆柳
撩起的水花，深藏
西施沐浴的柔媚

木渎是西施勾来的魂
望乡是山泉接不上的断肠
越王的美人计才有好下场

木渎的香溪没有胭脂味
想必西施的凄魂早飘回故里

醒着的陆龟蒙（外二首）

你压着数不清的诗句醒来
辨识农耕的经文。一土之隔，晚唐
大隐于市。你看见
犁铧、水牛，结伴吴语的刻度
滚动水乡，扶摇的炊烟描绘天庭
神兽用端把甪直当作识字课本
以角作笔，扒开沟塘。滋补千年
农具穿上智能外衣，在经文外排队
唯有水稻跟上收割机咬文嚼字
不知是谁拿起当年的砖石，围你成圆
你装扮了墓地，碑文
一直替你絮叨而立

与甪端合影

比快件快，甪端
偏偏停下来，把甪直当驿站
搬运吴语，让天下倾斜于东南，让东南的

粮仓笑成天下的酒窝

神兽之口似说非说，以布景定格
神性被石头接纳
——"角端，合个影吧。"
咔咔，诗友为另一诗友，用手机
冲洗底片。人与神性互证，最是
神奇的绵绵国风

叶圣陶墓

以墓计量，全
是唯一。多收的三五斗
给甪直作盘缠，所以，江南
给你永久的一席

课本翻开证据链
到你身边，叩问
"还不够是一课严重的功课么？"※
一生方正，偏以
圆形定居。这种

伟大的延续

正是，身后丰富的

碑

※ 引自叶圣陶为"五卅惨案"所写的《五月
卅一日急雨中》

立冬观龙须瀑（外二首）

上苍把冬拎来
把龙请来
放在宁国一座山上
画一条杠，拦下
秋风，让落叶卸甲

拨开斑驳，龙王
错过咆哮的时令
唯有一缕白须挂悬崖，俨如
一串水作的念珠
入冬修行

青龙湖

圈养，青龙卧波
船尾故意垫高浪床
截取白，与杉树林几点红互证
根本不顾我
举镜头

秋水作取景框，在宁国
另一张被山腰留存

下凡，以河、湾、乡的名义
让湖长大，轻轻
被明矾冲洗
无风的闲云捻须端坐
秋水，自清则青
青龙无非沧海截屏

红军榻

挤在石门，一垛
收腹的峭壁。当年
红军以崖为榻

山野，最知民疾
幽谷，引领回声

石级作伴，我不如藤
拴住半山。在宁国一隅
学飞檐走壁
总会另辟蹊径

乘索道观明堂山

与汉武帝埋下的伏笔
肯定有不同的明堂。我乘轿侦查
树拼命用根须
抓住大山。以静制动
树与树扛起一条路
树向上。再向上练习
触及云的胡须
明堂坐在上面
一览封禅过境

在岳西，镇山的唯有树
行高于树的不是鸟
坐索道。我屏住呼吸
疑似银河泛千舟
竞发不劳神。而是惊诧于
汉武帝巡山的霸气。车骑与粮草喂养千山万水
不敌按钮一点
明堂山至今拥挤

八里河景区

八里，论脚程不过一小时。此地，
非本地。我驾车二小时刚好，路宽宽
关键内心塌成坑洼，积水
自起汹涌。在临县颍上，八里河
不过一碗水，碰杯成酒
漂起游船，5A，比我门前的仙山
刚好高两个台阶

以邻为镜，淮上不缺水
水养的八里河，一票不菲
可我只懂水灾
漂来的因缘
我仿佛慢半个世纪

舌尖上的沙

舌尖上的沙。我不如
鸭子，可用来消化
甚至不如水做的舌头
在潧河一个叫隐贤集的地方搅动沙
由东而西，再
由西向东。三十年嚼一次舌头
起草名叫"三十年河东，三十年河西"的沙文

庙发现沙子跟河床暗送波光
一炷香，三十而立
如舌尖上的沙
吐出交代的滋味
隐贤集就是潧河上岸的橹
大隐的河床垒高时光的加分项

立冬游桃花潭

刚好念想引来一场雨
修补汪伦原本佩戴的水字旁
顺便把百尺水潭
称作"深千尺"的窟窿补上

这天肯定没桃花，连桃叶
也被万家酒楼勾走
我偏来。好在，刚刚走马上任的冬雨
替桃花潭补充一寸深度
给千年前的情缘增加一个分值

怀仙阁里四个倒立的酒杯空空，如
四目相对，我存一双
另一双，替李白紧盯十里桃花

寿凤古官道

若不是，山在。寿州与
凤台，只够一根扁担挑着起伏

比对古汉语，找方言
指引涵养。这李冲，这石湾
这豆腐村，等等拱卫
寿唐关。再看
北门桥，水在
城门，电子眼放马过来

山，也挑
两地的心胸。古官道如此悠哉
若不信，再晚
小汽车肯定说"请"

寿唐关

寿州古道，齿轮
滚滚向前，咬破山体
印痕在石板上，忐忑

一夫，刚刚放走南唐
八公山上的草木，挥动旗语
后周急切派兵换下，门楼
没有楼。雨
淋塌一个朝代

向后滚滚，南唐
留下门楣。车马替齿轮
数一数失散的星

我捡回一块砖
运不回南唐
关口不守，兴许
又有人拆掉另一块砖
寿唐关，这样折寿

望瓜洲

白纱笼江，无瓜，无洲
走散的沙与水俱下

一江过往，瓜子脸
注定下切不成定海神针
王安石泊船，又绿江南
转身向北，向北，不知身后
沙洲因故塌方。古渡，古渡
与我接续暗流

沙是流放的洲
除水证、桥言，无他，无他

另类大运河（外二首）

总是向北，向北
船的吃水线
压低河床与波光
风向从不撒谎

大运河是道具
一个天大的噱头
天下如魔术立于掌心

面南背北的座位
牵动流向
回头，夹带一点私货
如顶戴、口红
甚至骚乱

不必考究
河水的温度
南方，"天下粮仓"
北上残留的副产品
唯有一河纤夫
骨骼作响

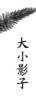

运河划船

化妆的运河一点不老
假嗓子没有这么脆
机器人扛包子，汽车、火车当搬运工
运河自然衣带渐宽，大可甩手
一条游船载我不多
不载我也不少
笑是自找的

王朝早已歇工
运河是天下的运河
不用运粮草
天下皆粮仓
另一队人马不如我闲
双桨放下，挽起袖章
野云替我广发请帖
——志愿者联盟

京杭大运河

隋朝的船划过来
皇家喂养的一条蚂蟥

爬上船帮

一身褐色外套
像个夜袭人
突袭南方粮仓
一个吸盘在余杭
另一个在涿郡
驱赶广袤的北方和牛羊

运粮草和江山
没想到
也运吸血的蚂蟥

织女庙肯定是男人建的

飘零的仙气。在太仓

哈一口，眼色便腾云

爱抬高千丈

再落下

织女庙

肯定是男人建的

香客却不光是男人

大胆的织女借来传说的法器

牛郎改行栽桑

织女摘一片片桑叶

养蚕。试图把爱的布匹

批量生产

织女庙不再羞涩

屯田的曹操

所有王朝深藏两个字
饥与荒是可以连读的，所以屯田
可作为先手棋，杀过界河

曹操在江淮，如安丰、下蔡等地安放
不少棋子。从而，走成
三国中的结局。他的失误，不在棋盘上，而在后院
与屯田无关

屯田者，以天下为棋盘
大旗猎猎，是棋风吹起的粮草和民意
谯城才气定神闲，曹操
才成为操盘手。随笔一勾，
圆是棋子，也非棋子，关键
天下缺和局

（五）循理篇：

三伏贴，可用热情疗治内伤

自传的端午

楚国的齿轮扒开伤口
汨罗江，留下一条带血的绷带
屈原，在喊疼。后来，
江东子弟，也喊。疼，接续

屈原，画同心圆。连同
给一个国镶边

以《天问》《楚辞》自传
把向心力包进粽子里公转，端午
天地间的一张唱片

木条上的鸟

任何幻想，对鸟来说
离不开一棵树。如今，木条上
的鸟模仿习性，树低头
为圆桌。鸟在圆桌边，陪
主人用餐。它不满主人的淡然，一直
啄一条链条。链子，冷亮以对
像我少时挂在裤子上的钥匙链子，藏着家门
这条不太长的链子，却像咒语扎紧的
笼。一头拴住颈，一头系木条
——"鸟儿，啄错了，那不是锁孔。"

三伏与三伏贴

太阳握熨斗下凡
平整光。蚊子，躲在大树下的草丛
放哨。担心被熏风带走

轮月亮值班，浇一遍凉
蚊子仍担心小脚，被夜色
吐不尽的余温烫伤

三伏的夜伏击我，也伏击
蚊子。故，大自然比拼免疫力，三伏贴
可用热情疗治内伤

墓穴

死穴，有多种点法
或鸿毛法
或泰山法，或
流量法。流，无定数，会不会
干渴，像沙滩

墓，躺不平
可能生前不生
唯有，这个穴
属于身后
可以放下一个完整

法医

面对不白，练读心术
走最后的程序，送
真相一程。甚至，把
窦娥的怨气修成神性

替不言者代言
让僵尸还魂，偏偏
从不救治生者
甚至，从不过问过渡期
比如行尸走肉

尘世，因一口气在。不在
说真话，用
显微镜
风干的血，还原血，查
DNA。所有，所为，只萃取
法网，恢恢

谁是大夫

标志不是听诊器
仿佛口罩才是。给
医院开天窗

标志不是口罩
仿佛色彩才是。白色
无例外，蓝色、灰色等也站前台

标志不是色彩
仿佛体温才是。测温计
喊号子
——谁是大夫

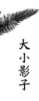

清澈是什么色

清澈是什么色
放生的水面是个照妖镜
五彩全是自找的
皱纹抽取不安分的水
我不敢把水捐出来
无风可以联想
无光就断了念想
皱纹是杆过往的秤
天下不缺我数星星

雪的哲学

蓬松状，等
阳光接上针头

空洞，开得再白
也轻佻。打扮如花
原来，替水结算

麦子的哲学

1
绿叶直搓手
只为掀开花盖头
一朵，一朵，躲不过
姜太公的鱼钩

2
光举手
不鼓掌，说明是来找茬的

3
学改良派，个头
不必高
有时，也能拿
举重冠军

4
成熟的样子
一转身

托起下巴

思考："哥哥，谁来接我？"

5

面黄，身瘦

终了，活成一把弯刀

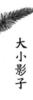

风替雪二次分红

恰似米粥翻滚着白浪，云的天庭分食
天下大餐。山川沟岗同吃，高低远近雷同
共享普惠制。风起，大地

打破大锅饭。风的勺子
就低不就高，重新分配伙食份额

替雪二次分红，雪
填平低洼。偶尔，背风处
开小灶，权当给凸处一个级差

风说没说公道话
雪，当知深浅

风语

风口，从没隐私
凡挤进裂缝者，风始大作
这因果如墙站着，堵与疏则是门的本能
墙体不体面
看风加持

叶大招风，山高
吐雾。小叶之树，如冬青
四季通行。我
不习惯鼓掌，唯陪伴
小叶之绿，小心应对

大叶仗言哗啦啦
过不惯四季。故需
冬天退回风语
留空枝净身

一个试纸下凡比对

东墙的亮，是晨曦干的。暗
在一旁挤眼，催我起床。在伟大的
时光坐标上，或前或后，或上或下，一个试纸
下凡比对人间，如
酸碱度的分配法则，置于天地间
的胃口，咽下的光
用于摸爬滚打的地方还少吗？
日月接班，风雨翻脸，甚至气候位移
任何降临，都逃不过风破茅屋的法眼
错位起于昼与夜的攀比，佐证
风尘起伏冷暖

等刀回来

再惊艳的刀鞘，无非
等刀回来

刀鞘从不自己出手
空腹未必不经纶

原本用刀说话，不妨
先设个衙门
等待秋后。听
刀鞘传授心法

刀鞘止于封刀
不止于刀悬而霍霍

深陷泥潭

向枯落的荷叶下手
深入水田深陷的须发
挖藕的人。反复
陷入重围，浑身战栗

泥潭是个什么秉性
淹没白净

田是放大的藕
藕是缩小的田
每个孔连着挖藕人的呼吸

用污泥提炼藕
没有人比藕更懂得修行

江湖

肋骨讲江湖
有三根在桃园就义
一根是为弟兄的
一根是为一个女人
另一根不知去向
如今。一切再正常不过
背却有点驼

断想

三月有花

好歹是阿春姑娘化的妆

九月的罚款单是落叶开的

一旦风有心思

小心眼就会在花蕊的眉毛上报信

有时间的和没时间的

站在一起

揣摩。结果

上了某某《列传》

茶道

山梁把茶树拉扯大，茶叶小胳膊小腿
跟着。露珠擦把脸，阳光望深山里积攒
这样，叶子便会绿得脱俗

茶道再把绿返老还童，或者
绿到露水处接骨。入杯打个滚
沁出金黄，想必
释放千条阳光

翅膀不等于口粮

鸡不振翅，唯有
爪下的深度
够得上田园

鸭不扬帆，唯有
披肩拉长颈部
看鱼尾滑行

天空不开屏，唯有鸟
用翅膀破浪
提醒风口

翅膀不等于口粮
鸟用高度分享快感

沙在水泥墙中伸张

帮助沙子站起来，水泥
有劲头，又源自沙子的激励。这种
辩证法，沙子像满天星。在黑夜
月亮走，我也走。很少关注星辰的引导性

拌水泥，沙子不算掺假，权作骨架
把水泥扶上墙。这种正名法
经天纬地，无名亦是名

陪菊修行

瘦成南山
陶渊明的那朵
菊花，皮包骨头。居然
不怕风凉话

山内，庙宇劫道
境界在山顶怀抱云朵
山外，居庙堂者
捡风情、色彩，甚至把菊
种成黄、红、白

菊花修行千年，等我
继续。风雨留白
冷暖被锁进空调的抽屉
赦免秋风

菊献尘世一朵花
我欠菊花一知己

端午遇雨

一条江，没雨哪成
客水只会捧捧场

屈原，在遥远的水边
他不是客人。怀抱一江水，传导
家与国。为此，端午停摆三天
人间铺开三千年的粽叶

降临的哭，有室内温差
离别的雨，有檐下湿度

天下的泪，雷公有预案
我们哭出几滴，流水
过往多少，请看流水账
节日，与非节日一并算着

词根：垫

我坐下，比饱嗝
略低的音阶悄然站立
与从不高调的名词
垫子合作。添一子字，梦想
给稳重多养个后代

垫句话，铺成一条路
垫块砖，高成一座山

垫，这个动词。像螺丝
把高度定下来，似乎
挪活了一类人
我，成为羞涩的例外

活着，仰望一下天。登高
却需换掉高跟鞋

荷塘垫高一个人的彳亍

推开淤泥，安上水的过滤器
想象不出亭亭荷花竟是污点证人

一池擎起的洁白，像台下鼓掌的良心，迎接
一个人的深入，如
一个锥状莲的花苞凿开天色，引导
一双黑翅膀的义侠盘旋而至

一口塘，开口
说的全是荷花的奋斗史
深藏藕的续命，从而
垫高一个人的彳亍

头皮屑

多余的下场
过程并不多余

我不轻笑
发髻替我笑傲

刘海有我
光头无我
生存自有向背
最亲近也无法不舍弃

连接线（组诗）

黑夜的黑

黑夜的黑，看我
会不会破茧成星

浮标在，有幅度，从不糊涂
石头的心跳扑通深浅

分清嘴与脸。有灯护法
自然不怕安放心愿

与树荫和解

虫趴在叶的背面
树荫交给歇脚人
太阳的火，把江河当镜子照
任城市群头顶光秃
村庄的羊角扎破空旷

遭受一种叫空调的怪兽冲撞

总有一天，太阳会起草
一份节能协议，与树荫
和解

叩门

肯定不用一指禅
手指如钩，钓
门内与门外的波涛

姜太公不在家
渭河悠哉
叩门如直钩，钓
一竿江湖

神道

请神，作表面仪式。连接线
再连，再长
也连不到地下的眼神

逝者见不到光，神道，无非
另一条出口，多藏个心思

星，提走黑夜的白

我不信，偏不。再小的星星
也是天下的灯
仰望者，从不怕悬空

星，提走黑夜的白
借助夜色浇灌众生

光与影

光抱起影子在池塘里
学鸭子。亲亲，与微风比肩
下面一块泛着绿苔的石头呆立

捕风捉影，是叶子的做法
石头，坐看风起云涌

我在池塘边压着自己的影子
看风在水面表演微剧
谁见浑浊，涉及影子分毫？

影子

从来没有明亮的部分
像灯泡。一旦
撤走边界的梯子
顿然失联

堵点

一口痰，若年轻十岁
算什么。关键
它停下，不上，不下
在喉结

像脑缺氧。偏偏
遇一座山
没隧道，谁能让高铁，像过山车
走开

驼背

骨骼的妥协，源自
立着一道坡

时间的重心在前牵着
高山的心事，少仰止

唯不惜倒下，才会活得
像碑

空巢

巢腾出树的心事
等鸟。像碗
让树端上
一个平原的餐桌
莫名。少了一声
袅起的吆喝

红灯让我舒口气

红灯举起过年的灯笼
让车立正。此时，我
不用点头哈腰，恰似
意外收取压岁钱

这并非年节。匆匆如刷屏
翻开一页，深怕
下一页失去旁证

不赶点，我从不碰车
唯遇红灯舒口气
懂得停下，才好出发

开闸的眼流放花朵

开闸的眼流放花朵
斗艳在此，我不知
身藏的火山从眼眶解析
水、火，还有云

水，悬一滴挣扎
火，一掌推开万千劫匪
云总跑不过生命的撤退
死亡不过是一种流放

她轻轻合上他的眼睑
像盖棺，用自己的
眼，替他造一根枪管

红灯没必要萃取

红灯没必要萃取
我的血比它活跃
可循环，甚至避开故障绕行

青春多一点色素没什么
不大哭一场，根本
与红灯没有可比性

手掐下的紫色
只是一个暗示
红过的烟头也暗藏杀机

血性不填充

抱团的肌肉
抵不过一支箭
骨骼作响，只是采样
不专业

血性不填充
水可忽悠 "情哥哥"
吊水唱高调，只不过
与病毒交流看法

我被拉去净化
流程的箭头，提示
多找几个陪练

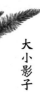

流水账

没有足够的尺子，可量流水
石缝，它隐藏一寸
江河，它陡增一丈
抑或，扭扭腰，伸伸腿
姓圆，姓方，甚至塌方削去
一条尾巴

账，这样命名
流水，最懂得算法
曲折纠正偏见。风言，可替
浪花去伪存真

嘴唇搜索

眼与心之间，嘴唇
是个搜索引擎，像鼠标
被一只手操纵
点击诱惑
看到，或看不到……

嘴唇搜索嘴唇
或支配，或麻木、盲目，甚至潦草
打个腹稿
"下笔如有神"，来自
灵犀。任何旁证
只不过曲线救心

五只沉船

行洪区读秒，正常，为水安家。不料
五只泊船在下游，写倒叙文，引发与决口扭打
防洪林瞬间被夷平 200 米，唯水敢言
水退，船不退。没水帮腔
一只在右，堤坝边，南北向
一只近乎正西，溜进西方，太阳没落
一只西偏南，约 45 度，扎进下切的塘
一只靠左，船头与船尾对调，无手续
一只也靠左，南偏西约 20 度，给自己就地挖坑
还有一块收音机线路板，可能声势大，被请出船舱
刚好被断臂杨树收养，似乎等我作证
我陪一位治水专家勘察，他数到五
握成了拳头

小蛤蜊群的青苔外套

一浪或几浪，船被水妖扣下
这儿，补种绿。船，查看内伤
距河床比我远一丈，在河滩
倒扣，像赌色子的道具，始终朝下
猜：大小。船不比浪头年轻
想必小蛤蜊当时替我喊天

大水被龙王十二道金牌招走
小蛤蜊窝在船底，像鞋垫
没能放在淮河的鞋里跟上大水
想必天没亮
撒泡尿，揉揉眼，又睡了

这一觉，水夜游了
小蛤蜊盼大水再来
可太阳把船体烤得穿心
另一个小蛤蜊靠过来
挤出仅存的水，降温。降着、降着
又睡了。直到，我看见
这一群又一群，穿上
青苔外套

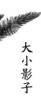

云的天庭，从不惧火

——电影《邱少云》观后

云的天庭，从不惧火。高高的
飘成布雨的种子，邱少云是其中的一朵

火不分国界，燃烧弹的毒液
咬住一位志愿军的血肉，身边
丛生的枯草一同尖叫
惟考验铁军的丹炉挺立
守护比火更强的丹心

从此，天庭多一朵火烧云
红红的火舌，仿佛
替邱少云在云端静卧

飘落的叹息也讲成本

最后一滴水
从叶管爬出理由。叶
不敢回头。更不作废纸
在野火抵达之前
如握紧的存折

没有不计利息的秋色
如同飘落的叹息也讲成本
一情一景总需分清

心，不怕折旧
像云。不畏翻卷
苍天有行情
——兴许也能拷贝
一滴意外？

头发抽打远方的云

头发抓碎了风的绸缎，再扬鞭
抽打远方的云，被定身
我猜这风云想必是两家人

所以，风言不止
所以，天外有庭。这里，涉及
登堂入室的嫁妆，面对
吹吹打打的欢腾

光，嫁过来。一旦
身边的风拧上膛，我看见
堆积云哗变，像天河之潮
冲散冰凌

观电视剧《长空铸剑》

"刮风对风说，
下雨对雨说"，一个女人
把男人放成鹰，从此

战机用瞄准仪喊天
那阵风，是你搅动的流速
那场雨，是伞挡回的决绝
放逐一声霹雳

剑，流动的空，被闪电
赋形，借浩荡
还我长空

半山腰一座画家坟

风景如泻，没必要
凿一山小之缺
把悲伤举得像座山

坟是指示牌，坐看
山水往来。画笔
会不会再留意
一泓小溪，抑或几条柳飞

高度不用举例说明
你背负一座山，别人
至多帮你背画架。如今，驿站
在前，谁给山顶一长卷?

破镜

疗养的静水当镜子
不会破。关键是风
没找到佐证

百炼的青铜作镜子
不知破。全靠深闺的怨
一点点爬上枕头

挤眉弄眼的后遗症
碎在地上。一声
狼嚎
撞破面具

重圆，镜子绕个圈
任何拼接
只不过多几个情种

石级断想

（一）

大山做心电图

替恐高者问诊

（二）

披肩裹不住皱纹

不知是谁画个双眼皮，躲

在伤口里假寐

（三）

起伏，石作的风

倒成了

把柄

被偷的手

冬上门搜查，手
严防被偷，躲在兜里
或戴上手套

听不见大过手的掌声，树叶
手掌大的落下。唯见
搓手者自我生火，把冬推开

风声，在耳廓的刃上
小叶的绿却安然打坐，如冬青
常在。不热，不冷

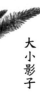

释梦（组诗）

梦·蛇

没见洞穴、山林或草丛
甚至没发现任何阴森的暗门。蛇信，
如锯呲呲，刮我
一身冷汗

汗，带不走噩梦。冷
以另一种方式把冬眠之蛇叫醒

我睁开眼，蛇
被关在体内。原来，醒着的
恐惧，也会如影随形

梦·失火

一脸歪笑。故意，帮一片枯草
起哄。偏偏，在我家门口

有人扔烟头，火苗跌宕

如浪，向天伸张

想必是海潮拉升了什么事故

我不解。这舌头，咋也着火

用树枝敲打火的脑门

再敲。火势退潮，烟头

粉身碎骨。好在，一梦过境

我接骨站立

梦·迷路

双休，出家。从凤台溜进

某火车站。小站，偶有

火车停靠。地名，略。向南，可抵南京

我想看看这个古都和墙缝里的律例。等

很长时间，没车。我顺轨道走

车，与我擦肩而过。再走，遇排污水横流

不知源头，翻江倒海状。绕道走，分不清东西南北

手机没电。下巴颏当路："凤台，怎么走？"

我饿。只想回到出处

梦·泥潭

壕沟，不知缘由出题
我只想大步跨过，岂料
落入泥潭，齐身，
谁埋下的陷阱？凭空
陷我。越挣扎越下沉，四周
无人。朗朗乾坤，淤泥念动咒语
摇身成神话里的捆仙绳，仍捆
我的脚，越动越紧。手撕扯
淤泥不平，又平
唯有惊汗，冲噩梦出境

死鱼瞪我没话说

验证码总是歪头看我
这一年。我借鱼眼探路
天空跟网一样迟疑
一次又一次撒下

我不停地陪鱼打滚
死鱼瞪我没话说
鱼毕竟没熬过我
摄像头太刺眼
问"老地方"怎么走

溜墙根跟翻墙头不一样
探半张脸
仍担心大数据
查上门

雾霾成为门头的横批

痰是拄拐的残兵
被口罩留在后方医院
一次冲锋，是谁
让自制的硝烟溜进喉管
雾霾成为门头的横批
下面蹲着古语
——"一口唾沫，一颗钉"

口罩是给鼻子备份的
兵法是给雾霾准备的
口罩长了老年斑
家犬在床下放哨
盯住门缝
像颗身怀梦想的钉子
——"主人呢？"

铁锈花开

水给铁抹上蜜语
血的斑驳
是花下的笑星
硬度悄然爬上皱纹

铁
本是练家子。而最大的软肋
来自淬火的反噬

千万滴水
一摊血
铁锈花开
"废品!"收购站老汉
叹口气。用铜制的旱烟锅往上磕
不再冒火

心腹

血性的泵站一直站立
住在腹腔的屋檐下从不卑亢
是谁浇灌桑田一片？
禾苗发痒，如修复的肉芽
在皮囊上催生后代

腹给心打工
打工者只论工种
空腹者只懂蚕食
行一万里
陪一万年。如蛇
蜕变，多久仍靠腹
怀揣警觉

心腹高举人性的纯粹
蚕食者没有心腹
如同影子永远不会撑开雨夜的伞
心腹的传人
只有征程　没有里程

沙发

沙发打个饱嗝
把我填进去
我打个呼噜
沙发就是另一个我

沙发的梦是留给屁股的
屁股比不过脸
屁股的肉再厚
也赶不上时间差
这时，沙发显得意味深长

日子能打发的不叫时间
我是离沙发最近的床

蚕咬住咳嗽的痒

这股潮水，分热、疼等兵种
浪头是海的咳嗽
像桑叶铺开，蚕是特种兵
咬住咳嗽的痒，桑叶不再
春，不会不再

抽丝的路，肯定比咳嗽凹凸不平
我等未必敢与蚕比壮烈。想一想丝绸
这种穿戴，当增重什么

与隆冬的缘，不是一场雪
的告白，即成仪式。不是释一次冰
前嫌，即可荡然

一波滚烫，随潮退烧
咳嗽搁浅于喉咙的沙滩。沙扬起
随时可布阵。说不定，来日
疑兵又起

咳嗽，驾驶破冰船前行

水到薄冰的冷，一个石子便可消解
一条河的欢笑
咳嗽被冰封一部分，另一部分
被风带走。我陪河水耗着，河水
等滑冰者作乐。这种冷，寄托

破冰之旅，伴咳嗽声起

纯粹系痰作祟。痰，一件御寒衣
任隆冬飘扬，夹带多兵种的私货。咳嗽
驾驶破冰船，在
气管前沿航行
我驾驶咳嗽破冰

上天，指派的一层薄冰。划伤静水
我打喷嚏协助流深的呼吸，穿
感冒的防弹衣。笑对，笑对

（六）评论：对旁白客的
诗意表达

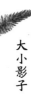

影子之喻、精神面相与语言风格

——旁白客诗歌散论

刘斌

　　诗人旁白客是媒体管理者，同时又是一位颇有成就的历史学者。显然，这样的身份，使得他对现实发生的一切特别敏感，却又对成为历史的一切情有独钟。因此，在他即将出版的诗集里，就有了看似多少显得有些庞杂的体例安排：既有"乡土篇"，那种特别注重现实、表达一己"守望"之志的叙写，同时又有"情结篇"，那种回望过往、专门用来安放"情怀、情分"的诗章；在"格物篇"、"游历篇"与"循理篇"里，更充满着对各种物象——现实的也好，历史的也罢——的专注书写，一边是对这些物象的观察、赏玩与把握，一边则陷入沉思、诘问与探究。饶有趣味的是，他将这一切笼统冠之以"大小影子"。对此，我们即使不会简单视为是其刻意为之，但也不能轻易忽略，以为无关紧要。我们理当有此一问：什么是影子？旁白客诗中所言说的影子究竟是什么？查了下字典，所谓影子，大致意思为物体挡住光线时所形成的四周有光中间无光的形象，亦指不真切的形象或印象。古人云："为光景之景。凡阴景者，因光而生，故即谓为景。"而佛经中则有这样的阐述："障光明生，于中余色可见名影。"还有"一切有为法，如梦幻泡影""福乐自追，如影随形""善恶之报，如影随形"，等等。如此看来，旁白客将诗集题为"大小影子"，这"影子"也就不只是"影子"，更是一种隐喻、符号或象征，甚或此中掩藏着通往他诗歌的一把密钥和一条路径。

一、小大之辩与诗性眼光

当旁白客将自己的诗集题为"大小影子"，他实际是说出了他眼中的世界以及在这个世界中，他诗中的抒情主体与所处环境、所遇万物的关系，是含蓄地向读者表明诗集的抒情主体对于书写客体的一种情感、姿态与价值立场。众所周知，影子从来都是处于低处的，甚至是贴近地面的。而这样的一种隐喻的书写以及书写中的情感、姿态与立场，似乎不可能是先验的，它必然依赖于抒情主体曾经低处的人生经验，至少是依赖于其对低处存在的长久的观察、认识、理解与同情，以及由此形成的一种向下的眼光，一种对这样的卑微的沉默的存在发自心灵深处的关心与牵挂。因此，对于这样的隐喻与眼光的追问，有助于我们准确地切入旁白客诗歌的内核，进而把握"大小影子"的精神内涵与审美意蕴。事实上，在旁白客的诗里，这样的隐喻与眼光既不是表层的，也

不是单一的，而是多层面广视角的；同时，也不是静止的固态的，而是动态的，延伸的，并且在不断地丰富与深邃的。

> 影子是光的自爱。我举起
>
> 煤油灯的光，帮母亲
> 用双手在墙上完成夜的素描课
> 变猫、变狗。这个装束，像木偶戏
> 我比猫狗先叫。这时影子
> 真小。却大似童年的引桥
>
> 太阳，领我以本色出行
> 我坐下，影子
> 缩进体内，小如佛珠。夜，
> 翻窗进来
> 又守成母亲最大的影子
>
> ——《大小影子》

这是旁白客的一首代表作，诗集的名称就取自这首诗的题目。诗歌叙写的是一个古老乡村煤油灯下的生活场景，人物是母子二人，突出的是孩子对母亲的凝视与情感。诗以隐喻的方式表达了对母亲的敬爱与感恩。整首诗的情调氛围是温暖庄重的，充满着陷入美好回忆的迷恋。煤油灯和太阳分别投射下了"母亲"和"我"形成的大小影子,构成了抒情主体灵魂的"引桥"和"佛珠",养育出一种眼光,这是基于一种伦理亲情的眼光,这样的眼光,多少年来一直凝视着抒情主体生命中永难忘却的温暖的光源,并在灵魂深处投射下清晰的"大小影子"。明白这一点,对理解赏析旁白客的诗歌精神至关重要。因为这里的"大小影子"是属于诗歌中抒情主体精神源头的东西,是其诗歌真理的筑基。

土豆、花生在下面接招
吊我胃口。唯有砂礓磕碰
不像亲人

当锄头挨上坟地,我咯噔一下
抬头,知道天在看我

面朝黄土,总会有影子
瓜熟蒂落,甚至被谁与谁
在地下发觉

——《面朝黄土》

这是旁白客的另一首比较优秀的作品。短短的数行诗写的是一个锄地的场景,它揭示了一种面朝黄土背朝天的黯淡人生,一种一眼看到头的生命结局。这里面也有"大小影子"——抒情主体的"小"的影子与庞然威压的命运之"大"的影子。这样的大小影子之喻也昭示着一种眼光。这种眼光是怎么养成的？正是像诗中这样有形与无形的命运重压养成的。相较上述的伦理亲情的眼光，这种生存与命运的眼光是扩大的、延伸的，也是冷冽的与沉重的，但却更是清醒而睿智通透的。

> 大禹的斧头，如何
> 笔下神性，写
> "人"字峡，在凤台，在淮河中游
> 撇是八公山造的
> 捺是西峡口余脉带来的惊叹，抑或
> 一里开外的西淝河流出来的豪迈。天下，就这样
> 成书，被古今装订。山体作封面，堤坝作封底
> 中间是深奥的淮水。堤坝比肩
> 垒高的人性，据说比石硬，比山苍
>
> ——《天下"人"字峡》

这首诗里的眼光较之上述两种眼光，可谓是天壤之别，无论是视野还是气魄，也无论是胸怀还是志向，都呈现出一种格局与气度。这是一种得山川灵气之熏陶，受天地大道之启悟的眼光。诗中以大禹落笔，以垒高的人性结束，中间是对家乡"人"字峡、西峡口、淮水等等的观赏认知与领会。如果以大小影子之喻来理解，那

么，其中就暗含着对过往人生坎坎坷坷的沉思、总结与超越，也蕴含着对个我固有眼光与情怀的审视与扬弃，进而重新获得一种认领、服膺与确信，一种新的生命格局与眼光的获得与打开。

限于篇幅，上述这样三种大小影子之喻以及关涉大小影子的眼光仅仅是一种有局限的列举，中间肯定多有省略。可以肯定的是，旁白客诗中大小影子之喻与抒情主体的眼光必然有着不断变化的丰富性与层次性。我们在这里进行简略的论述与分析，意在指出一个事实，那就是他诗中的"大小影子"意象的形成，正是基于其生命成长的过程性、内在性与艰难性，基于其心灵的叶苗萌发、分蘖与成长，基于其心智不断的丰富与完善，以及在这样的过程中，不断发生并深化的小大之辩。事实上，任何一个人，在其成长过程中，都存在着这样的不断进行着的小大之辩。而我们说，对于旁白客，正是这样特殊的生存现实以及与外界环境复杂的关系，使得他不断进行并完成着一个又一个小大之辩，进而形成这种不断丰富深化的个我对外在、对生命存在的认知关系，也就形成了他生命中一个又一个大大小小的光与影子或者大小影子。因此，大小影子之喻实际暗含着一个不断丰富深化的小大之辩的过程，究其本质，就是诗人关于真理、价值、意义等等人生终极论题的探寻、辩诘、认识与领悟。旁白客的所有诗写由此生发开来，多重叙事得以展开，诗歌的精神面相不断饱满凸显起来。

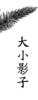

二、多重叙事与精神面相

有什么样的眼光，就有什么样的诗写。在"大小影子"之喻的总揽之下，旁白客展开的诗歌叙事是多样的，甚至是庞杂的。

首先是乡土叙事：

我看见
一地鸟
在立冬的守望里
哄抢喜糖。这糖纸里
想必藏着虫子，或失散的
子嗣

——《一地鸟哄抢喜糖》

一把锁替主人把持光景
门缝的光束把镰刀、锄头捆在发暗的角落
像待岗者续约。油菜、蒜苗伸懒腰
从春色的袖口长个头
我同河水并肩平躺，分解光泽

——《河边的小木屋》

凛冽攻城略地，寒风站成刀斧手

油菜平白挨一刀

面色与大地同宗。好在

根会续命，敢向冬荒叫板

——《受伤的油菜》

旁白客诗歌的乡土叙事呈现出来的精神面相是复杂的，给人的阅读感受也不是轻易说得清的。诚然，这些乡土诗写得很有特点。它们有着乡土叙事的显著标志，那些植物、飞禽走兽、河水山川、村子桥梁等等，四季轮回、风霜雨雪、春种秋收以及现代化工业化商品化的渗透、瓦解与异化等等。这其中有着我们熟悉的景象、事象与物象。但我们读了，有时又感到有些陌生，这些陌生既体现在语词或者意象上，但更多的是诗中抒情主体的那种内在感受，那种与乡土既深刻、紧密同时又漂浮、疏离的感觉。这里，体现了旁白客对乡土的复杂情感，那种说不清道不明的况味。同时，也侧面展示了广大农村已经发生和仍在发生着的剧烈深邃的变化，以及这些变化带给诗人的深远强烈的心灵冲击。

其次是亲情叙事：

昨夜没棺材黑，我梦见

搀扶父亲的棺材下地，腿抖，摔倒

可能坟头少我一锹土，导致屋漏

——别怕，父亲，刚接到预报：那方

211

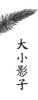

田地，今冬少雨。挨到双休

新培的土定会接梦入住

　　　　　　　　　　——《梦父亲屋漏》

提一支毛笔，洇开

无云的空旷，把空蒙的天空提亮

穿红袄的农妇捣鼓菜地，想必给将至的雨雪

腾床位，更像给返乡过节的亲人添衣加被。我

下午，准备上坟。哪怕，提前把夕阳

分享一部分，给爸。收藏于地下，暖家

　　　　　　　　　　——《预报明起有雨雪》

儿子，陷于城中火，她提不来家乡的水

应急。一个农民，用后背透支进城的梗塞

血脉呀，根本分泌不出

体内的安静，举目蹚水

如大柳树

总在村头涵风养雨

　　　　　　　　　　——《地图》

　　旁白客的亲情叙事呈现出与乡土叙事交叉互现的特
质。这主要是因为作者或者说诗中抒情主体的亲人基本
是生活在乡村。这些叙事一方面表现出对亲人的感激、

怀念与愧疚，那种为人子以及作为晚辈的血脉亲情的牵绊、缠绕与相连的深沉情感，另一方面也展现出中国乡土那种千百年来绵绵不断的重亲情血脉的伦理传统，那种巨大的历史惯性与生存根系的力量。这里需要指出的是，旁白客的亲情叙事里有着很鲜明的写实意味，在这种写实中，真实地呈现出乡村历史与现实的沉重苦难，是有着很突出的苦难叙事的特征。这既与中国历史与现实状况，特别是中国乡村的历史与现实状况密切相关，也是旁白客作为一个新闻媒体人和历史研究学者，他的职业伦理与身份特点所决定的。如此，这样的亲情叙事就显现出一种现实性与历史性，显现出一种写实与抒情相结合的特质，显现出一种在乡村中成长起来的学者和诗人深厚历史的情怀与自觉的现实担当。

再次是旅游叙事：

在木渎，船娘用橹作钩
钓吴语小曲。香溪应和
把我摇成风摆柳
撩起的水花，深藏
西施沐浴的柔媚

——《木渎香溪》

以墓计量，全
是唯一。多收的三五斗

给角直作盘缠，所以，江南

给你永久的一席

——《叶圣陶墓》

这天肯定没桃花，连桃叶

也被万家酒楼勾走

我偏来。好在，刚刚走马上任的冬雨

替桃花潭补充一寸深度

给千年前的情缘增加一个分值

——《立冬游桃花潭》

这些旅游叙事是记游的，有着对祖国山河与风景名胜的描述，也有着面对这一切的所感所思。但它们又并不局限于记游。在旁白客的笔下，这些旅游叙事还揉进了一些其他元素。比如像《天下"人"字峡》，就不单是记游，而更多的是深邃的沉思与阐发，是借山川河流阐发一种历史的感悟与人生的哲理。像《无头枯树在宏村鲜活》中，写的是在旅游胜地宏村，遇见一棵枯树，"无衣。无手。无臂。烂肉般撕裂的躯干"，在"与湖水、古村落一道揽客"，这与其说是记游，不如说是反讽，是对变了味的旅游文化的讥刺与鞭挞。还有的则是借景地的历史人文掌故，引发开去，借古讽今，不乏辛辣意味。这些都使得旁白客的旅游叙事显示出多样混杂的内涵，具有着自身的特点。

还有职业叙事：

天地间，立人。广播电视发射塔
模仿人字，独缺实体的翅膀状，故
风呼雨唤千万遍，不可能飞离。上下
信息的涵洞，流淌着职业，流淌着战争
与和平，甚至神圣与幽灵。新闻人

闻风而行，止也成塔

一动一静，里程碑的过程，需新闻眼
在地球村挖地三尺，捡拾
天下事。一座又一座
广播电视塔帮助发酵景阳冈，推送
此山虎与彼处猫
大小、来去，皆因果，皆话筒
发射塔始终连线，此频道，彼频率
——声色并茂

——《广播电视塔与新闻人》

这类叙事主要是表现旁白客作为融媒体工作者的
职业状态、心理感受和精神变化，有着较强的纪实性。
在这些诗作中，客观真实地记录了大时代大发展给淮河岸边小县城传媒业带来的巨大变化，诸如"一座塔，拔地／成巢""天线张网结盟／规划天下"，等等。更重要的是诗中反映出这样的变化带给抒情主体心灵的冲击，那种陌生感和面对发达科技，乡村心灵的兴奋、恍惚、焦虑等百感交集的复杂感受。这点从诗歌题目就能窥见一二，例如"广播电视塔上的鸟窝""广播电视塔旁的芦苇荡""广播电视塔被当作一棵树""草鞋为电视塔梯赋形"等等。如此，这样的诗写就显示出一种时间的冲撞，一种历史与当下的交锋，一种现实与心灵的龃龉或纠缠，这样一种书写的深度与锐利的力度。

还有咏物叙事：

一支叩问苍天的毛笔
不用墨，书写什么？

故交是岸，芦苇
坐等秋水净化
风，帮你解开入世密码

举起灰白的心事，留下
天书无字
猜，苍翠熬白

——《芦花》

这类咏物叙事的诗作，在整本诗集里占的比重较大，所涵盖的内容也较丰富。但手法上，还是比较传统，是属于比兴或者借景抒情、托物言志的写法，所表达的也是一些相对单纯的、比较集中的对现实、历史或客观存在的真实感受、体会与思绪。其中不乏一些写得灵动有韵致的诗作，短小而精悍。

除此之外，在《大小影子》里，还有一些不太好归类的，像收入"格物篇"与"循理篇"的一些诗作，等等。这都反映了旁白客诗写内容的庞杂与丰富。它们一起构成了旁白客诗歌的整体，呈现出一种独属于旁白客的诗歌精神面相。它们有相对清晰的一面，也有含混模糊的一面。有读者容易辨识与确认的一面，也有隐晦的甚至是艰涩的独属于作者的不可通约的保留着的一面。而这样的精神面相倒也颇切合旁白客诗集的名称——"大小影子"。从空间性而言，影子之喻是光的照亮与投射，这表现了对光的一种崇拜与礼赞，是诗人对生命中所幸遇的温暖、关照的感恩和咏怀。从时间性来看，影子之喻，则是一种回望，一种记录，是个我生命的行踪与印迹，这表达了对个我存在的一种认知与领会，心存了一种敬畏、谦卑与感喟。从本体论角度看，影子则蕴含着存在的短暂与虚幻，喻示着生如泡影的虚无与叹惋。同时，影子本身又是光的反面，是一种遮蔽与隐晦，拒绝与存留，隐含着抒情主体的某种不可通约的愧憾或私密，那种属于不可言说无法言说的一面。这些都决定着旁白

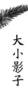

客诗歌精神，既有着较容易辨别的轮廓与整体面相，但其内在却又是饱满的、丰富的，甚至是幽深而有些神秘莫测的。尤其需要指出的是，这样的影子之喻所构成的小大之辩，对于一个被抛到世界中的此在个体而言，就是一个永远处于正在进行中的存在的事件，因此，其精神面相既有其恒定的表情特征，那样一种区分善恶、真假与美丑的真实面容，同时又变动不居、含混多样、表情丰富而难以捉摸，就是情理之中的事了。而这又在一个更高的层面构成了其为一对相互阐释相互映衬的大小影子，进而极大增加了旁白客诗歌阐释的召唤结构与多样化的融合。

三、个性语言与整体风格

旁白客的诗歌语言是有着鲜明的个性特征的，从他的诗歌语言实践中，我们可以看到他具有着语言创造性的自觉，那种对诗歌语言陌生化的追求。表现在语言特质上，有给人殊异之感，所谓殊异，按照布鲁姆的意思，就是"陌生、生疏、奇怪、局促不安、奇异"等等。比如《撒网与扭腰相关》："再小的网比池塘大 / 一网下来，再白亮的天空也会黯淡 / 星星蹲在网眼守候 / 分不清眼界 / 想不流泪都难。"何以"再小的网比池塘大"？无疑，这只能是人类的贪心之网，是那种竭泽而渔的掠夺之网，是那种毫无怜惜之心顾忌之情敬畏之意的狂妄恣肆之网。一旦这种网"分不清眼界"，不知道适可而止，人类"想不流泪都难"。人类必将遭遇自作自受的惩罚。就这首诗而言，起句何其之妙，大有古人谓之"立片言以居要乃一篇之警策"的匠心与妙处。其出语之奇，造句之险，充分显示出旁白客诗歌语言的天分和其创新意识之强烈。再比如《舌尖上的沙》："舌尖上的沙，我不如／鸭子，可用来消化／甚至不如水做的舌头／在澧河一个叫隐贤集的地方搅动沙／由东而西，再由西向东。三十年嚼一次舌头／起草名叫'三十年河东，三十年河西'的沙文。"这首诗以"沙"为焦点，将时间和自我放在一起，互成镜像，写出来一种人生变迁的况味，一种世事沧桑的感慨，一种"我"在时间里"嚼"出的生命的滋味。还有一首值得重视的是《雾霾成为门头的横批》："痰是拄拐的残兵／被口罩留在后方医院／一次冲锋，是谁／让自制的硝烟溜进喉管／雾霾成为门头的横批／下面蹲着古语／——'一口唾沫，一颗钉'。"我们中国人都知道，门上的横批是新年门对上写吉庆祥和、恭祝来年幸福安康的话语的。可是，现在"雾霾成为门头的横批"了。如此含蓄而巧妙地将讽喻与愤激寓于诗语之中，令人在玩味吟咏之中顿生拍案的冲动与快感。而"下面蹲着古语——'一口唾沫，一颗钉'"讽喻与抨击更辛辣有力。无疑的，旁白客的这些诗写，没有受到诗坛流行的写作时尚的影响，那种对诗歌圈子或者团体语境的依赖、投机或惯性写作的干扰和左右。他的诗歌是个性化的，可以看出他甚至刻意躲避那样的流行化时尚化的写作。但是，可能是矫枉过正抑或是用力过猛，他的一些诗歌出现了语言跳脱的现象，以至于一些诗歌有句无篇，而有的诗歌语言太过雕琢。比如："淮河边，柳枝／没派出新兵换岗／草也未脱下枯叶缝制的戎装。"（《立春》）这里写柳枝没有长出新绿，用"新兵换岗"就直接跳出固有语境，显得很突兀，与诗歌整体不够和谐统一。还有"芦苇从不发火，唯恐一怒犯红颜／担心深藏的绿／擦冬走火"（《河滩少不了芦苇站岗》）什么叫"擦冬走火"？用在这里就语义含混。还有，旁白客的诗歌追求韵律与节奏感，大多处理得很好，读起来明显感到受沿淮两岸民歌，诸如推子戏或曲艺三句半的影响，幽默诙谐，富有古朴剽悍的生命活力与特有的乡间泥土气息。但有时也有不够妥帖的地方，就像这些地方戏曲难免失之粗糙或鄙俗，一些诗作在过渡和结尾处，就显得有些突兀与缺憾。凡此种种，这反映出他的诗写得一体两面，既有着大胆创新、锐意探索的一面，又有着欲速则不达或者过犹不及的一面。而需要指出的是，这会大大影响到诗歌的语言或艺术性，我们上文分析，旁白客诗歌整体面相清晰与含混相杂，在很大程度上，也是受其诗歌语言这种特点影响甚至决定的。

综上所述，旁白客的诗歌写作展现了时代的现实图景与变化特点，表现了乡土历史文化的底蕴与精神传统的裂变，同时也深刻揭示出了社会整体精神与个人心灵的疼痛与郁积。他的语言具有着很突出的创新性与实验品质，但也留下了进一步提升与发展的空间。通过阅读《大小影子》，人们清晰地看到，旁白客的诗歌以一种深刻而睿智的大小影子之喻，展开了多重叙事，呈现出抒情主体内心丰富而艰辛的小大之辩，并在这样的过程中拒绝着平庸与堕落，见证并呼唤着诗意的光明与光明的诗意。

作者：刘斌 中国文艺评论家协会会员，淮南市文艺评论家协会副主席。在《世界文学》《安徽文学》《诗探索》《新疆回族文学》《西部学坛》《诗潮》《诗歌月刊》《红豆》《西湖》《阳光》《文艺报》《南方文学》《散文选刊》等发表作品百余万字。曾获安徽省作协颁发的金穗文学奖一等奖，首届"诗探索·中国新诗发现奖"，"第八届乌金文学奖评论奖"，"《安徽文学》第二届年度期刊文学奖"等。

有文学评论专著《美的邂逅》（中国文联出版社）。另与人合作《中外诗歌精品阅读》（语文出版社 辽宁出版社）等著作。

简说旁白客的诗

马启代

　　见过几次面，都是会间，知道他是一位写诗的融媒体的负责人、一位卓有成就的地方史料学者，也曾编选过他的诗，但集中阅读并被吸引，则是近日看过《大小影子》这部诗集的样稿之后。掩卷沉思，我觉得他是一位低调的、被遮蔽了很久的诗人。我不知道他的笔名"旁白客"是否切合了他对待世界的态度，面对熙熙攘攘的人间，他甘愿做一个旁白客，好像是，似乎又不是，正像他的书名《大小影子》，我想了很久，始终没有拿定主意该如何由此切入他的诗歌创作，敞开的窗口有很多，似乎可以使用，又好像可以忽略。因此我连个确切的题目也不敢贸然确定，姑且也以外来客的身份做一番心得式的旁白。因为我感觉，旁白客的诗歌应当在下一轮有一个野蛮生长的新景观，现在尚不是定评的时候。

　　还是要先说一下"影子"，能选择这个意象作为书名，作者本人一定是万般斟酌的。现代诗中，把影子写得精妙而丰富的诗人有不少，作为光线的投射物，影子不是一个物质实相，却有着可以阐释和发挥的想象空间，特别在现代诗人的笔下比物象本身可以承载更为深厚和广阔的精神寄寓。作为书名的《大小影子》这首诗来自本书的第三辑"情结篇"，主要属于亲情诗的范畴，通过用煤油灯与母亲做光影游戏和黑夜成为母亲的影子的"大小影子"在岁月变迁中的变化，写了爱和思念，不过开篇的"影子是光的自爱"起点很高，是否与整首诗构成了水乳交融的表达效果应当值得商榷。另外一首集中写到"影子"的诗《影子总爱素描》来自本书的第二辑"格物篇"，诗歌通过"花蝴蝶""鸽子""我"投射地上颜色不同的影子，生发出"影子练习素描，下笔／暗几分，总说冷静、冷静"的感喟，说实话，在旁白客的诗中，还是没有直面"影子"，并将其作为核心意象做反复描摹、深度打探的端倪，说到底，"影子"只不过是外在的抒情附着物和借以比兴的心灵投影，尚在工具论的层次。但这并没消解我对旁白客的这部诗集的喜欢，因为这部有着诸多缺憾更有着诸多优点的诗集，不但让我认识了一个全新的诗人旁白客，也让我对诗坛创作现状有了更为具体的思考实例。

那下面我简单说一下他的诗歌给我留下的几个印象。一是他有自己独到的发现。仔细品味，他的发现不仅是对日常事物的诗性发现，还是他对自我经验和灵性世界的开掘。一个诗人对万物的诗性发现和命名是衡量一个诗人成色的第一个标识，很多人对这个问题重视不够，或者一下子提到遥不可及的理论高度。现在看来，诗性属于人的天性和天赋，源自人类的原始思维，是成为诗人的第一基础。旁白客的诗歌语言充满了这种天然的诗意发现、悠然的诗性表达和自然的诗思建构。他把端午看作"以《天问》《楚辞》自传／把向心力包进粽子里公转"的"天地间的一张唱片"（《自传的端午》），他把芦花看作"一支叩问苍天的毛笔"（《芦花》），这些都是思维升华后的命名，而不仅仅存在于比喻这一修辞的层级。二是他对动词的运用特别用心，反复推敲而带活诗景，对一些成语熟语的活用也起到了照亮全诗的效果。推敲当然属于古典诗学的宝贵传统，虽然说古典汉语属于汉字诗学，现代汉语才是真正的汉语诗学，但毕竟都有一个共同的"汉"字姓氏和血统。我相信像旁白客这样的诗人肯定不在少数，但在目前一切求新猎奇的背景下，很多人极容易不被关注。试看旁白客的诗句，如"门缝的光束把镰刀、锄头捆在发暗的角落""满目的绿让河道瞪得发毛""小木屋留下话柄／被河道攥着"（《河边的小木屋》）之"捆""瞪""攥"字的使用；"山下万兽无疆"（《退水》）、"撕碎的脸，谈不上浑身碎骨"（《河面》）、"迭起的海浪装订成册，神笔／从茅仙洞的笔筒中抽身，点石成文"（《凤台页岩》）等词语的活用，都有奇异的审美效果。三是他的文字里有一股按耐不住的英雄气，当然也可看作来自生存环境和文化根性上的侠气，有着源自民间的草莽特性，站岗、列队之类的词汇和意绪时而出现，他将之赋予笔墨所及的事物，并在情感层面和精神层面显露出文化意义上的悲悯心。如《地图》《朋友圈游来两条鲇鱼》，特别是后者，他诗中三段，分别用"游""再游""一直滚"开头，甚至给人人类文化学意义上的警示。即便在他第四辑"游历篇"里，这种雄性的质素也渗透到对山水景物的观察体验中，他笔下春天的杨柳、夏日的麦子、秋日的枯荷、冬天的冬青无不具有坚守者的精神风貌和战士的不屈品格，如他这样写《八公山下的漩涡》："八公山喊立正／淮河急得跺脚，漩涡／就是它冲冠的怒发"，如此写漩涡，活脱脱一个精神自由和雄气冲天的写照。四是他有着奇特的想象力，想象力对于文学和艺术的作用怎么说都不过分，诗歌的想象力尤其重要，对于所谓号称日常写作和及物写作的人依然如此。在这方面，旁白客显露出很高的天分。他对夕阳说："这样，你应改名换姓／把白天做成内衣／穿一身光明"（《夕阳》），见到蚊香，他写道："蚊香本无蚊／穿时装，或黑或青，一盘／蛇。抬头的烟雾／如蛇信，香／舞动鞭子。抽打／夏夜，也／拷问我"（《蚊香》）。他从海的视角写海更是凸显出一种新的审美形态："一条蚂蟥拱着浪／身高过丈。海掐腰站立／把我看扁／／蚂蟥咬我一寸／我让浪头在脚前／求饶三尺／／海，坐等／无风的风，碾压浪／鱼竞飞，举起的高度／与我平分云朵／／浪的宽度减去飞起的鱼／刚好够我造一个／骑蚂蟥的梯子／／海，看我忽高忽低／我便可算出海的宽广"（《海的视角》）。五是他有着风趣幽默的性格特长和由此形成的审美知趣，让他的写作呈现出一种新的维度。幽默感是一种人格智慧的自然外化，诉诸文字并天然地形成一种美学意绪，往往更多地赖于天性成分，但书写行为本身的激发和召唤是必须的。诗性的发现、幽默的天性加上本色的写作会给一个诗人提供非常有利的提升空间，说到底，幽默本身就是才华和智慧的聚合物。试看他的《野鸭子的AB岗》："鸟氏扩编，源于一种复合型成长／野鸭子，今持有二证——／游泳证A，飞行证B。不同于／家养的鸭子，常被口水／挂边。而人也习水性，纯粹的／A岗，常风险环生。B岗，比人多一项技法／可列入空军。野外，我／却在村头的河边发现／20多只野鸭子，把我的脚步声当指令，行／注目礼。或戏水，或腾空／演习立体化作战。这种韬略／／纯系生存法则使然。薪酬多少不论，生命／只兑付一次。混岗，以野鸭子为师／人类不缺多军种，野鸭子藏了一手没教／多一'野'字，被我改编／加入海军陆战队，可飞可行。"六是他除了有着惯常的传统的感兴对象，如第一辑"乡土篇"、第三辑"情结篇"和第四辑"游历篇"的诗篇，在第二辑"格物篇"和第五辑"循理篇"中，他直面现代文明的环境和人们精神的变化，这样他的诗中不仅出现了大量的新词汇，如"光伏发电""量子力学""广播电视塔""焊花""蚊香""楼群""课件""天桥""沙发""雾霾"等意象，也出现了一些明显在心灵和精神经验视域进行形而上思考和哲学提升的书写努力，如《雪的哲学》《麦子的哲学》《等刀回来》《翅膀不等于口粮》《词根：垫》等。不能说这些书写都是成功的，坦率地讲，旁白客在这方面的书写也没有超越止于表层体验和表现的局限，还是草木之心来写现代，思考的不是现代文明，自然景物还是容易喧宾夺主。但目前诗坛也没有人真正确立了书写现代文明的榜样，这一探索是可贵而有益的，到了这一时代的诗人能够直面并处理时代问题特别是精神困境的时候，那才是现代汉语和现代诗歌的成年时期。因此，对旁白客就更没有理由苛求。另外，他已经形成的习惯性断句、断行的谋篇布局方式成就了一些作品，包括很多精彩的通感书写都可圈可点，在此不做赘述了。

最后还要说几句的是，在我看来，旁白客的诗歌还存在一些问题，尽管这些问题很多优秀的诗人也许一辈子都克服不了，一是存在相似的切入方式和表达方式，包括语气和用词。旁白客虽然非常注重诗的形式，但同时有可能陷入一种程式化，伤害了新诗应当有的、最主要的自由本性——这个自由当然是规约意义上的，我们需要警惕伤害到它。我们应当牢记，汉语新诗的灵魂在于自由，试图在形式上确立什么规范其作用都不会是普适性的。二是有些诗的完整性和完成度尚不够，有些在实虚转换的过程中缺乏必然的联系和内在的呼应，显得匆促和缺乏用心，这样就使得一些应当更精彩的部分没有出现，让人有些遗憾和唏嘘，如《凤凰》《瓦房》等。比较好的如《天桥，七月伸长的舌头》，干净利落，简单明了，诗性通透，而又味道十足。虽没有什么微言大义，但在诗意和情趣上非常饱满，读来酣畅淋漓，余兴袅袅。三是有些作品有为诗而诗、为美而美的追求，有诗性、诗意、诗美，但缺乏魂魄，这还是涉及现代书写的问题，现代诗不仅仅是词汇的硬性介入，而是现代理念的表达，是对古老审美的挑战，不是用古典美学趣味来简单呈现现代事物，应有现代观念和现代精神的体现。这是一个根本的大问题，可以说，现代诗人应有突破素常意识和书写现代精神的"人"的自觉。这样看，《柳沟沿汇演》《云的天庭，从不惧火——电影《邱少云》观后》的出现也就不奇怪了。当然，《木条上的鸟》《两只鸟，报备早于我》《谁是大夫》等一些诗歌体现出的时代性、反思性和思辨性是难能可贵的。《风替雪二次分红》中对公平的呼唤，《荷塘垫高一个人的彳亍》中"想象不出亭亭荷花竟是污点证人"的隐喻性批判，《五只沉船》中对灾难的正视，《蚕咬住咳嗽的痒》中"浪头是海的咳嗽"的时代记忆，《释梦（组诗）》之《梦·蛇》中"醒着的／恐惧，也会如影随形"的时代感受，《死鱼瞪我没话说》中对监控器的描写，其"担心大数据／查上门"的精神体验，内里无疑蕴藏着反抗意志和深刻的时代情绪。

儒释道文化所孕育的美学，容易麻醉人，缺乏现代的审美意识，现代美学应是醒人和撼人艺术。作为现代诗人，为何书写？写作什么？如何书写？还是老课题需要新答案。文字都是创造主体人格和精神的外化。对此，不得不察！

2023 年 5 月 19 日星期五

作者：马启代（1966—），山东东平人。中诗在线总编，"长河文丛"主编。1985 年开始发表作品，出版诗文集多部，诗文被翻译成英、俄、韩等多种文字，获得过中国当代诗歌奖（2013—2014）创作奖、首届亚洲诗人奖（韩国）等，入编《山东文学通史》。

身体诗学

方文竹

认识诗人旁白客多年了，他的诗零零散散地读过一些，但是与大多数诗人一样读后没啥印象。没想到，这次集中读到他的诗集《大小影子》，着实让我惊乎叹乎了一把。

诗集题材集中，似乎是淮河乡土，说明诗歌的写作是有自己的根基、自己的据点、自己的方向，接地气，有着大地的依托，认真，务实，有效。但是，最吸引我的是，几乎每一首诗都涉及"身体"，身体的部位、器官、生理、心理等，仿佛诗人写的干脆就是"身体诗"，或说，一部"身体"诗歌大全。

旁白客诗歌中的"身体"首要是物象身体化。仿佛人类的童年在本质上都是诗人，还未区分人与万物，有一种"泛神论"的味道，让万物活跃着蓬勃的生命，和人一样运作于天空与大地之间，类似于海德格尔所追求的古希腊的"存在"的原义。后来人类改造世界逐步推进，科技和理性精神不断进步。但是，我们仍忘不了马克思曾在《1844年经济学哲学手稿》中提出著名的"自然的人化"观点，即通过人的实践，自然为人所掌握和利用，人按照美的规律来生活。我觉得，这是又一次更高层次上的"人类童年"的回归。诗歌特别适宜于捕捉这种拟人化的自然或自然的拟人化。在中国文化中，男女身体之交合隐喻阴阳两种基本元素的交合来开启世界。万物在"身体"上变幻与呈现，又以"身体"描绘万物和移情。中医经典《黄帝内经》认为，人体与宇宙属于同一个结构，即人体式的宇宙。

可以说，语言来自文化的源头，那时候的文化还刚刚脱离自然的脐带甚至还沾连着血乎乎的肉体，如"山腰""浪头""关口""关头""手段""背叛""拖后腿"等等。诗歌就是找到人类诗歌的原始诗意，恢复语言的本来诗意。后来所谓的文明进步无情地斩断了这种诗性联系。从这个角度说，诗就是"初心"。

我们欣喜地在旁白客的诗歌中找到了这种"初心"和"初觉"。《金钱草》有"握""举""唤"等动作。"养我的淮河胃口"之"胃口"才引出"二婚"和《一地鸟哄抢喜糖》。《给油菜松土》多么准确、生动："雪绑手脚，冰 / 刮骨。再胖的油菜 / 也成了林黛玉。"《立春的棋盘》即自然规律或天道："枯草是奋拉耳朵的弃子，唯独根 / 在地下替它吹冲锋号。"《河边的小木屋》"留下话柄 / 让河道攥着"，似乎扎根深深。等等。这样的例子在旁白客的诗集中俯拾皆是，美不胜收。

旁白客的写作正是由此体现出自成系统的以"身"

试法的写作方式。诗人通过对于"身体"的经纬穿引、灵心妙运而巧喻浪涌，连珠成串，世界仿佛一部有关"身体"的奇幻大书，实行人与万物的移位变形和互为隐喻，仿佛一部神奇的当代人类化身创世神话，真的万象缤纷，奇妙献珍，诗意炽烈。甚至可以说，诗人通过"身体"或"身体"之引线发现了诗，至少扩大了诗的领地，彰显出旁白客独特的诗理、诗趣、诗法、诗味以及创造才质，给诗歌提供美学经验等。也可以说，"身体"式的写作，其诗意是现成的，而且写得简洁，精练，富于意蕴。随举几例：作为诗集名《大小影子》的一首极为灵动，《深陷泥潭》卒章显意很自然，《退水》的转换无理而妙，《地图》让人落下奇想的泪水，《风》中的"空枝净身"，等等，皆值得你细细品味其源于"身体"又回归于"身体"之诗艺探索的精进和独到之境。

如果旁白客的写作到此为止，那也只是一个诗匠，仅仅满足于诗歌表层的花样翻新而已。我们高兴地看到，不仅如此，诗人还以"身体"的视角观察世界，形成了独特的"身体"意识形态，世界在"身体"上形成，体现了诗人非凡的"心"志和"眼"力。也就是说，仅有身体是不够的，还要有灵魂，必须灵肉一体，才会透过"身体"的"外壳"抵达诗歌的内核。"坐等"的《芦花》开出"人世密码""灰白的心事"，似乎让人触摸到"芦根"，扎在世界的最深处。《金钱草》昭示"金命，草的活法"，而"民间惜草命，自此／多一位草莽英雄"

与"金命"相对，反讽的意味概括了多么沉痛沉重的历史内容！"裸奔"的《淋雨的地龙》中的地龙两句话："我也是龙啊！""再难，不腾空！"是何等的境界！"一条断头路，授命悬崖／称量节操"，这样的《山坡》能轻易地爬得上吗？诗人就是这样善于以"身体"为基点，通过"身体"的聚焦和化用来构筑他的诗歌大厦，取得了让人意想不到和耳目一新的艺术效果和思想冲击。可以说，"身体"是打开旁白客诗歌百宝箱的一把钥匙。

"身体"是原始的"我"或"我"的基础、第一出发点。在旁白客的诗中，"我"的置入，既是抒情主体，又是叙述人，避免了虚飘高蹈、漫无边际，而是将整个诗境构建成一个可触摸的坚实而可靠的前提。也就是说，在旁白客的"身体诗学"始终有一个血肉亲我的在场和亲和性而避免了虚空高蹈的声势。我想，这与诗人的生活根基密切相关。"我只想，代月饼／向家乡鞠躬。"（《中秋月》）《大小影子》是一部亲情诗集。诗人长期生活其中的淮河乡土是"身体诗学"的温床，没有多年的生活体验是掌握不到全身上下的部位、筋脉、气血和骨骼、内脏的，更别说触摸到灵魂。可以说，整个淮河就是一部关于"身体"的隐喻词典。本来，大地就被称为人类之母，隐喻女性，如未开垦的土地称为"处女地"。淮河自然成为了诗人的母爱港湾和温柔乡，这里的一草一木、一粒土、一滴水，等等，于他都活跃着鲜活的生命：草木说话，水土翻身，云朵瞪眼……与其同呼吸，共命运。

"我同河水并肩平躺，分解光泽。"（《河边的小木屋》）

通过以上的观照可知，诗人旁白客"身体诗学"的写作克服了诗坛流行的同质化，具有较高辨识度，门径成熟，自成一体，在众多的当代诗人写作中实乃罕见，在嘈杂的诗坛理应占据一席之地，以报答其多年的默耕和深潜的词语历险。

作者：方文竹，安徽怀宁人，供职媒体。80年代起步校园诗歌。早先与友人创办先锋民刊《门》，后组建滴撒诗歌群体并主编民刊《滴撒诗歌》。出版诗集《九十年代实验室》、散文集《我需要痛》、长篇小说《黑影》等各类著作21部。

影子是光的自爱

——旁白客诗集《大小影子》读札

宫白云

诗人旁白客给自己新出版的诗集命名为《大小影子》，影子是一种光学现象，由于物体遮住了光的传播，光不能穿过不透明物体而形成的较暗区域，就是我们常说的影子。影子的形成要光和不透明物体两个必要条件。也可以说没有光也无所谓"影子"，而在旁白客的诗歌世界里，他所有的诗就是他大大小小的影子，这些"大小影子"携带着他心灵与精神之光，在他的诗歌里穿行与烛照，与他的自身不可分割，所以在他的诗《大小影子》中他说："影子是光的自爱。"对于诗人旁白客来说，影子是母亲、是童年、是故土、是回味……是任何的人与事，而他就是那些影子的"光"源，当他把自身的光注入影子，影子就是他，他就是影子，所以他才会如此表达："太阳，领我以本色出行／我坐下，影子／缩进体内，小如佛珠。"（《大小影子》）世上万物都有某种失落的可能，但影子不会，只要有光，它就会跟随于你。

旁白客的诗让我们体会到了写作的最终目的就是

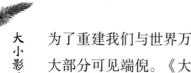

为了重建我们与世界万物的关系。这从他这部诗集的五大部分可见端倪。《大小影子》将诗作分为五个部分：（一）乡土篇：一地鸟，在立冬的守望里，哄抢喜糖；（二）格物篇：菊黄，像倒下的宫廷瓦；（三）情结篇：情分、情怀，大小影子一张图；（四）游历篇：唯我游客，最解熙攘与过往；（五）循理篇：三伏贴，可用热情疗治内伤。这五部分虽然各有侧重，但呈现的都是现实的存在与日常人生的经验与体验，他力图为他置身其中的人世增添一些别样的东西。事实也正是如此，所以，我们看到了乡土篇中的"金钱草"，虽然"金命"却一生都是"草的活法"，即使英雄，也谓"草莽英雄"，这是不是"草"的"宿命"？诗人把很深刻的现实问题寓意于"金钱草"中，深刻地挖掘了贫贱与富贵命运的根源，人们生来就是不一样的，这是命运的悲哀。旁白客的很多乡土诗都隐藏着现实的荒谬与残酷，他的诗不仅仅是为了进入现实，而是展现诸多的意味，如以"一地鸟哄抢喜糖"为由头，极大地讽喻了一些乡村出现的"涉及地一年二婚"的荒诞行径。还有《退水》中，面对洪水肆虐的残酷，幻想把"洪"字退掉，只剩下那个滋养良田的"水"之愿望。在诗人这里，"乡土"既是根源所在，又是精神的寄托。但诗人敏锐地发现如今的乡土已经遭遇了不可遏止的改变，即使脚踏在乡土也不能再返璞归真，所以诗人发出了"谁伤害了故乡的肠胃"的悲叹。当"人与鱼／只隔一个胎盘／人游不回羊水，如同鱼／补不了胎气"（《人与鱼》），这时候诗所触碰到的就不单单是一种"乡土"情结，而关涉的是对那块乡土今后与未来的深思，诗人最不愿意看到的就是乡土已丧失了其原有的含义，他写下它们，是为了去透视、去警醒，这是对"乡土"最大的情感与爱。

旁白客诗歌所覆盖与包含的东西可谓五花八门、包罗万象，他从日月星辰一草一木中去探究事物的道理，他运用象征、隐喻等方式，去与它们恰切地糅合。从"斜阳"、"落日"、"菊黄"、"茅草"、"老渡口"、"枯井"、"瓦房"……中去探寻其中的真相与意蕴，他提升、检视、确认，从中获得诸多的启示和心灵的重量。诗歌就是不断更迭的美学，旁白客的诗写始终具有光与影的美学交融，在明与暗、显与隐的更迭中洞悉事物的本相。他的诗并不复杂，却有一种简单中的深刻。明代书画家董其昌说：读万卷书行万里路。这句话在旁白客这里体现得近乎完美，他先后共出版了16部著作，内容涉及历史、文学、新闻等，没有大量的阅读是写不出这些优秀的作品的。而在行万里路上他更是当仁不让，这从这部诗集的第四部分"游历篇：唯我游客，最解熙攘与过往"中可窥一斑而见全豹，对于行路中那些"风景"的重新发现、呈现及思考，构成了他这类诗歌中一种内在的人文与历史的观照。如《淮水西流》《西湮口，添加一股金》《黑龙潭作答》《乘索道观明堂山》《寿唐关》《望瓜洲》等，以不同的方式体验传达了被唤醒和释放的经验。

在他的这些诗中既有看不完的风景，又有说不尽的历史人文，其中最为突出之点在于现场与思绪的并行，以本在应叩玄妙，以怀想扩张意境。

写诗犹如书法写字，任何一撇一捺的疏忽都会导致这个字的报废，诗歌中的"多余"成分也会影响整首诗的立体效果。旁白客的诗歌布局与立意都恰到好处，没有多余的弯弯绕绕，语言质朴易懂，但隐喻性很强，许多诗都富有哲理，往往从人们所熟悉的日常事物入手引出一个喻指，如这部《大小影子》中的第五部分"循理篇"，其中有一首《等刀回来》尤为突出：

再惊艳的刀鞘，无非
等刀回来

刀鞘从不自己出手
空腹未必不经纶

原本用刀说话，不妨
先设个衙门
等待秋后。听
刀鞘传授心法

刀鞘止于封刀
不止于刀悬而霍霍

这首《等刀回来》有一种说不清楚的魔力，诗人透过刀与鞘的微妙关系，为我们破解了刀与鞘的密码，刀鞘都是所谓工具性的东西，主宰它们的是刀鞘的使用者，"刀鞘从不自己出手"，暗示了所有"暴力"的根源在于人而非工具，刀只有归于鞘才是安定祥和的所在。此诗以暗示的手法，提醒刀的使用者，在拔刀之前要三思而行，而这样的三思而行亦是同道中人才能领会和理解的，它传达的是一种克制与隐忍。它让刀鞘"等刀回来"获得了非凡的灵性，特别具有信仰的意义。诗人这类隐含哲理的诗很多，如"打扮如花／原来，替水结算"（《雪的哲学》），"面黄，身瘦／终了，活成一把弯刀"（《麦子的哲学》），"风口，从没隐私／凡挤进裂缝者，风始大作／这因果如墙站着，堵与疏则是门的本能／墙体不体面／看风加持"（《风语》），"用污泥提炼藕／没有人比藕更懂得修行"（《深陷泥潭》）等，在这些诗中诗人并不去促成所写事物的完成，而是去创造一个间隙或焦点，在一个新的境域里，去收获启示。

世间的"大小影子"比比皆是，唯有光使它们存在，这也是旁白客这本诗集《大小影子》的寓意所在，他深谙光影之道，他为自己创造了一种高塔，并用心灵和精神之光来与塔下之影互映！

2023.4.24 于辽宁丹东

作者：宫白云，辽宁丹东人，读，写，评。出版诗集《黑白纪》《晚安，尘世》、评论集《宫白云诗歌评论选》《归仓三卷》。获2013《诗选刊》中国年度先锋诗歌奖，第四届中国当代诗歌奖（2015—2016）批评奖、第四届长河文学奖优秀学术著作奖等。

用具体的物象，支撑起诗歌的力量

——简评旁白客的诗集《大小影子》

沙马

　　旁白客的诗集《大小影子》共分六辑。第一辑《乡土篇：一地鸟，在立冬的守望里，哄抢喜糖》。这一辑虽然写的是乡土，但乡土深处却暗暗地含着"乡愁"。这乡愁在不同的意象里散发出不同的"故乡"气息。"我看见 / 一地鸟 / 在立冬的守望里 / 哄抢喜糖。这糖纸里 / 想必藏着虫子，或失散的 / 子嗣"，隐喻着民间生活的习俗，仿佛一幅乡土画。而"失散的子嗣"构成了乡愁的源头。"左牵千亩田，右放 / 一池鱼。一匹 / 青马，猎猎于塘埂"，活生生的一幅乡土白描，体现出作者对农耕时代的某些文明的眷念，或者说对人类源头的再现。在当今诗坛上，生活在现代工业文明的诗人们写"乡愁"往往流于形式，没有深入到骨髓里，没有体会到"故乡"在"故事"里变得面目全非，没有感受到"遗址"还深藏着多少的"遗言"。旁白客却在《退水》中写出了"阳光安抚水洼、浅滩，甚至戴孝的田野 / 苍凉比泪水更悲壮"这样的诗句。作者以深层次的思考支撑起语言的力量。

这样才能为诗歌赋予艺术生命力，才能在读者内心形成回音。

第二辑《格物篇：菊黄，像倒下的宫廷瓦》。作者试图在"格物"中获得事物真相，换言之，试图在事物内在深处感受"存在的姿态"。"格"，不仅是思考，更是感受和体会，是对身边存在物质的触摸和探索，在已有的物质里注入新的含义。这"新的含义"意味着对新世界的发现，意味着守望和召唤。于是才有了旁白客这样的诗句："扬起一捧土／有多少未了的缘？"；"菊黄，像倒下的宫廷瓦"；"一部天书在泥浆中站立；用走过的光画，／一半。藏一半"……从这诗句里可以感受到作者在诗歌的意象里倾注着自身的对事物的理解和感受，同时带有某种个人的困惑和疑问。从而使"存在与虚无"在事物间有着某种内在的联系。为此作者让"菊黄"与"倒下的宫廷瓦"发生了关系，让"一捧土"与"未了的缘"发生了关系，让"天书"与"泥浆"发生了关系。在这些关系中都隐含着某种"存在与虚无"的关系，也就是说事物的存在就是处在"一半有，一半无"的路上。尽管作者想在其中揭示存在的真相，最后都是在疑问中结束。从这里可以看出旁白客为诗歌中意象赋予了现实生命的活力，他总力求在物象里寻找彼此间的联系，然后形成一幅完整的画面呈现出其存在意味和形态。

第三辑《情结篇：情分、情怀，大小影子一张图》，其寓意是：情结、情分、情怀，大小影子构成一张图。

也就是说在这个"大小影子"穿插、晃动、时隐时现的时代，"情"是其中的一个纽带。于是才有了"杜鹃花血淋淋的实事，我帮杜鹃向天喊话"；有了"影子是光的自爱。夜，翻窗进来／又守成母亲最大的影子"；有了"血脉呀，根本分泌不出／体内的安静"这样的诗句。帕斯说，在诗歌中，只有生命是闪电。闪电既是短暂的，也是永恒的，闪电既是黑暗的使者，也是光明的影像。而人的影子都是在"情结"路上若隐若现。而情怀之光使大小影子构成一张图。我们一代一代人都是在这样的图案中生活着、更迭着，生生不息地延续着，继而使一个世界的秩序获得了稳定的存在。作者善于用具体的事实勾勒出一个一个生动的图案。而一个一个生动的图案又来自一个个大大小小的影子，从而使"虚幻"与"现实"之间有了无形的联系。也就是说"人"的世界与"物"的世界在对立中统一了起来，其中的桥梁就是作者的想象与思考，让彼此的存在，在巧妙中不留痕迹地发生了关系，也使诗歌有阅读上的张力。

第四辑《游历篇：唯我游客，最解熙攘与过往》。从某种意义上说，人在人世间都是在游历，游历中的过客，对熙攘与过往有着一定的感受。是的，人都是在与他人的熙攘与过往中过完了自己的一生。也就是说在客观与主观的摩擦中完成了灵魂的历练。匆匆的过客在匆匆的游历中，唯我的存在有着一定的独特性，而独特性是艺术性中不可缺少的品性。因此才有了旁白客的"叁高的人性，比石硬，比山苍；渡过楚风汉韵，送过苏东坡，南下；下一站，等等我／替新时代填空"；"群山站岗，苍翠挡不住／风破寒舍，雨切遗址"等诗句。从这些诗句中，读者可以感受到一个游客在人世中游历的景象。正是这些景象构成了"熙攘与过往"，构成生命的开始与结束，也构成了物质与灵魂的相遇。齐奥朗说："眼睛的视野有限：它总是从外部观看。然而一旦将世界纳入心中，内省就会是惟一的认知模式。"这个"认知"就是某种精神的游历，也称之为"内在的游历"，从而使个人的内外视点成为了对世界观察的角度，这有益于思维空间的拓展并获得新的感受和认知。只有内在认知才能接近世界存在的真相。而接近"真相"是一切艺术所追求的目标。

第五辑《循理篇：三伏贴，可用热情疗治内伤》。循理，可理解为在事物的路上遵循着"理"的规律调整自身的行为。三伏贴、热情、疗治内伤这三种事物，是否有着本质上的联系呢？在《自传的端午》中，汨罗江，留下一条带血的绷带，端午，天地间的一张唱片。在《雪的哲学》中阳光接上针头。而《麦子的哲学》成熟的样子／一转身／托起下巴。风的语言四季同行，而九月的罚款单是落叶开的。从这些文字中我似乎感受到了"外在的热情"和"内在的伤痛"形成了某种存在中的距离与平衡，从而使历史的时光在现代的事物中重现。布罗斯基说："一首诗是一种精神活动……也是对语言进行选择的方式。一个优秀的诗人善于将'思'与'诗'统一于一体……"旁白客的诗善于在日常现实中提取有意义的物象，经过自身的思考和文字加工，获得了文本的一定程度的感染力。

综上所述，旁白客的诗是建立在"形象大于思维"基础上，通过具体的意象和生动的现实让诗歌获得了充实表现力。并且用形象性的语言力量，支撑住了诗歌的稳定性，继而在词与物之间打开一条进入灵魂的通道，然后努力进一步提升艺术的生命力。

2023 年 4 月 22 日于安庆

作者：沙马，当代诗人，现居安徽省安庆市。出版诗集《沙马诗歌集》《某些词的到来》《回家的语言》《一个文本·虚妄之年》。

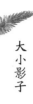

个中欢欣、忧伤与慨叹，皆成正觉①

——评旁白客的诗歌

百定安

诗人对于自然、人物、历史与乡愁题材，热爱与进入的方式固然很多，但具体到某一个诗人，他也只能以自己的立场写出属于他的那一部分。旁白客的诗，白描，拟人，一帧帧的小画面，从容地以文字为它们塑形，然而有思；又以旁白客的身份——道来，然而，处处有"我"。山光物态，可以描摹，亦可以寓情，但要写出习焉不察的物候气象、人文景致，务必要成为它们中的那一个。正如诗人认识到的，诗是情分，也是情怀的大小影子。诗人真诚地将这些描摹出来，个中欢欣、忧伤与慨叹，便皆成正觉。简单说出，或婉转表示，也都成为诗人作为自然与诗歌赤子的究竟。而在处理亘古有之的这一类题材时，天真要比故作玄虚来得更加单纯可信。而实际上，旁白客就是这么做的。

①题目为编者加。

今夜留影

——读诗集《大小影子》札记

五味子

　　整夜无眠。只因看到"大小影子"，不是我远离吸顶灯留下的长影，也不是我走近时留下的短影，更不是站在灯下的无影。而是友虎先生传来的诗稿《大小影子》。我已经记不清这是他的第几部著作了。年前他刚刚获得安徽省政府颁发的社会科学奖二等奖。惊喜不久，他又给我们带来了更大的惊喜。

　　说实话，诗人的新作，与他以前的诗风有很大的不同。读过他以前诗歌的朋友不少，现在若读到这些诗歌，肯定会有同感。不信给你看看他新作的分章：【（一）乡土篇：一地鸟，在立冬的守望里，哄抢喜糖】、【（二）格物篇：菊黄，像倒下的宫廷瓦】、【（三）情结篇：情分、情怀，大小影子一张图】、【（四）游历篇：唯我游客，最解熙攘与过往】、【（五）循理篇：三伏贴，可用热情疗治内伤】。

　　友虎的诗歌已经从早期的感知外物转变成现在的物我合一了。年轻时的因客观外在而喜而悲的情绪不见了，现在的"我"就是大地山川，日月星辰。这种精神层面的脱胎换骨，让人无限神往。其实物我的自觉融合可能是诗歌境界提升的主因。

前面说到友虎诗歌的物我合一，是因为诗人太冷静了，直面山川大地，日月星辰，世间冷暖，就像被冰层覆盖的河流，即使暗流汹涌，但又波澜不惊。他写稻子，写油菜花，看似写庄稼，谁知道他又是写谁呢？"这块淮河的湾地，先嫁于稻子，留茬口""改嫁这天，我不知谁是新郎。""一地鸟，在立冬的守望里，哄抢喜糖。""这一茬，战地黄花迎春风，往往无一只鸟闹腾。"

在友虎的诗里，几乎没有被拒绝的事物，万事万物都是他诗歌里的意象，而且皆能成为飞腾想象的精灵："野鸭子，今持有二证——游泳证 A，飞行证 B……可飞可行。"说的是野鸭子，这又何尝不是诗人的心灵向往？

他写白杨树："走不出自画的圈，再高，自己只是自己，唯有落叶尊重前辈。"生命的认知和反省是如此自觉又如此严肃！

有人说：人不可以降低心灵的高度。哪怕"像把刀的鱼塘，把村庄割伤"。但诗人依然像云一样，不知不觉回到心灵的村庄。

在《相片——悼诗人游子雪松》里有这样的诗句："从未谋面。微信说，你被病毒摁在湖北的床上。"也许我们每一个人此生都有可能被病毒摁在床上，但诗人的灵魂永远行走于云端。

有人说诗路之上写诗的人比读诗的人多。这话我信！而诗人们为什么在没有读者的世界仍孜孜不倦地写诗，因为那是诗人的自我需要。我坚定地相信友虎也如此。他需要一个与现实迥然不同的地方来安置灵魂。事实上他也做到了。他用自己的诗歌呈现出了无比灿烂的灵魂花园。虽然这座花园完全私有化，但并不拒绝参观者。

所以我们不能无限悲观地认为现代诗人与轰轰烈烈的社会大变革毫无关系。其实任何一种社会形态，发展出了一定的物质基础之后，必是灵魂盛放的时代，也一定是诗人辈出的时代。哪怕"我是一个没有故乡的人"，哪怕"我是一个虚构故乡的人"，又哪怕我只是自己的诗人。那又怎样？《诗经》里的每一位诗人当时又何尝不是自己的诗人？

多年来，友虎一直于诗路之上默默潜行，一路诗风飘荡。

作者：五味子，本名苏金文，诗人、作家，出版诗集《苏金文抒情诗选》《菱形》、散文集《静水流深》、长篇小说《春水微澜》。

后记

诗，与我亲近得像一滴雨，淋漓着，情却不了。

1989 年元月，我发的第一首诗《感觉空间》，是所在学校文学社推荐发在校报上，得稿费两块五，邀同桌小聚，花五块钱，美美地享受一番。1992 年 10 月，出版第一本诗集，题目就叫《感觉空间》。

这点文学爱好，让我得以成为家乡凤台《凤台报》社的一员，当记者、编辑。一路走来，转眼 30 年。尽管岗位小有变化，但我对手中的笔仍满怀期待，写新闻、评论，甚至研究淮河文化，一刻不辍。略感遗憾的是，我几乎把诗丢了。

2015 年，我与一同办民刊《淮河文学报》的友人，合出诗集《菱形》，权作对当年共筑文学梦的一种纪念。其中，收录我 60 多首零星之作。

2019 年，参加淮南一个文友聚会，我问诗人雪鹰是哪里人，有多大年纪？实际上，他当时在场，我竟不知雪鹰就是我 30 年前的老友。足见远离诗歌，久矣。惊叹之余，看到周围的诗人、友人诗作频显，我才重新提笔，抽空读诗、学诗、写诗，甚至编诗。这个诗集《大小影子》，就是对近几年习作的一次集纳，聊以自慰。张德明先生慷慨作序，马启代、方文竹、宫白云、刘斌、沙马、百定安、五味子等评论家、诗人给予点评，颇为受益。在此，一并致谢。

作者于淮畔凤台

2023 年 5 月 12 日